U0856737

文品与人品

一个总编辑的读人笔记

江曾培 著

上海人民出版社

目 录

前辈：作文为人尽光辉

友人：用生命书写生命

书中人：阅读与行路

| 序：把你真诚的热情传递给全世界 |

1996年，王元化先生还住在衡山宾馆十楼的一个机房边上，因为离我所在的上海教育出版社很近，我经常下午3点以后过去听他教诲。有一回，《思辨随笔》得了国家图书奖，他蛮高兴地说，江曾培他们在评奖前，连夜让工厂重新印了一批书，印好后都这么竖着站在桌上。到第二天不少书都倒下了，还站着的就送去北京参评。你看看人家是怎么做出版的。

我说，那他是志在必得。

他接着说，我又不要这个什么奖，我这么大年纪了，我要这个奖有什么用，但是对出版社可能还是有点用的。江曾培在会上说，元化同志是我们上海的著名学者，马上有人纠正他说，元化同志是全国著名的学者。

我说，我看过他写的《一个“助产士”的手记》，很勤奋。

元化先生说，做好一个编辑不容易啊，你以后也应该多写啊，不写就荒废了，不仅笔头荒废了，脑子不用也会荒废的。我那时候退休了，领导找我谈话，去这去那的。我说，我哪里也不去，回家读书。要没有这十年的读书，那我现在也就是道听途说，发发牢骚，我也就不是现在的王元化。

再后来有一次，我去的时候，元化先生正在桌上写什么，我凑过去问，又在给谁写文章。他说，你不要过来看，我在写信呢。然后说，江曾培也要退休了，做了这么多年出版，不容易啊。

他犹豫了一下，像是自言自语地说道，我写好，等会儿倒是可以让你帮忙送到宣传部去。算了，不找你，过两天再说。

这是我两次有明确记忆的片段，都和江曾培先生有关。但我听说“江曾培”这三个字，应该就是读书的时候在丽娃河边的师大书亭抱回来一本厚厚的黑色封面的《文艺鉴赏大成》。后来看到这个名字，是在《世界华文微型小说大成》的封面上，那时我也进入了出版界。江曾培先生是出版界的前辈，后来得以在宣传系统的各种会议上经常见到他，他坐在前排，我躲在后面，我们之间几乎没有交往。这并不影响我作为出版后人对前辈的尊重。这尊重，更多来自对他的文字的阅读。

我读他的书或文章也不多，《一个“助产士”的手记》之后应该就是《一个总编辑的手记》，再后来他退休了，我经常在报端读到他写的针砭时弊的千字文。陈昕同志说他是，做新闻有板眼，做出版有腔调，作文章有味道，作评论有品格。并说，当今出版界，像江曾培先生这样勤谨而高产的出版人恐怕很难找出第二位。

江曾培自言，写作已成为自己生命的一部分。陈昕说，思考问题、勤于写作成为江曾培先生健康长寿的生命密码。这也正是元化先生所谓脑子一直用才不会荒废。这次翻看他的书稿《文品与人品》，更加集中感受到他的思考之勤、写作之丰、读人之广。书中有对巴金、汪道涵、林放、柯灵、王元化、赵家璧、罗竹风、钱君匋、丁景唐等老一辈作家学者的诚恳追怀，也有对黎汝清、陆文夫、鲁彦周、李国文、史铁生、谢泉铭、邹嘉骊、郭志坤、郝铭鉴等友人与同事的深情记叙。合上书稿，眼前闪回80年代的气息与往事，这些文章，也约略地勾勒起80年代文学史文化史的点滴，或者说是部分地勾画了一个时期的文化群像，也以点带面地呈现出一家老牌文艺出版社在这一时段内的发展脉络。

这次拿到校样，我自然先找到他写王元化的那篇《沉潜在思辨海洋中的大家》，其中就写到1995年深秋的第二届国家图书奖的评选。《思辨随笔》不仅获得了季羡林、袁行霈、屠岸、张锲、张炯、柳鸣九等评委的一致认可，而且“以最小的面积，集中了最大的思想”的写作风格，推动学术界、出版界更加注重“单本原创”的出版趋向。上海文艺出版社此后依循《思辨随笔》的体例，编了一套“学苑英华”丛书，汇集程千帆、金克木、张岱年、任继愈、汤一介、季羡林、饶宗颐、施蛰存、张光直、庞朴、李学勤、朱维铮等学者，蔚为“有思想的学术与有学术的思想”之大观。

今天翻看这套“学苑英华”丛书，我想，这些学界大家，思想深邃，为学谨严，推敲提炼，沉潜往复，那么，做他们的编辑，是否也要心气相投，静心学问，执念出版，从容含玩？再三读览书中所写人物，不是文学名家学术大师，就是出版前辈编辑巨匠，倒是读出一些作者与编辑双桨协力互动的心得，也因此觉得此书正可作为青年编辑入职的参考读物，对即将开启的职业生涯当有教益。

要做一个好编辑，当然不易。要做好一个编辑，也不容易。你要有与众不同的“心眼”。巴金说，“把心交给读者”，既是说写作者的虔诚与坦白，对编辑何尝不是一种告诫。尤其是面临市场压力与挑战，对于那些“见钱不见人”（巢峰语）、“谋食不谋道”（陈昕语）的出版风气，我觉得应该再来听听颜福庆八十多年前在沪江大学为医预学会学生演讲时说的这段话，虽然他说的是医生，其实出版也大抵相似。他说：“学医的目的，有许多人以为能多赚钱，我想他跑错路了。因为做一个真实的医生，是赚不动许多钱的；除非用不正当的方法，当然例外。”“因为喜欢科学而学医，也许会懂了医道而做害人的事，只有以公众利益为目的去学医，这才是最好的。”心中有病人，是做一个医生起码的底线，心中有读者，是做一个编辑的基本要求。如果能再多一点以公众利益为目的，那就离好编辑更近了。所以，赵家璧说，编辑就是要生就一颗“编辑心”，长了一双“编辑眼”。有了这样的“心眼”，哪怕别人把门关了，你也能从窗子里跳进去。这是“老将”林放当年对做好一个编辑记者的形象的比喻，也只有这样做出来的书，才会比人长寿。江曾培等人评价赵家璧先生是“心血传世已成珍璧，风范照人堪称大家”，其实说的就是这些前辈一生钟爱出版，心中始终有读者，才能打造出传世精品，泽被后人。

如果从一个更高的要求来看，一个好的编辑，不仅能策划选题、审稿加工、营销宣传、服务作者，最好还能自己也动手写作，也多少避免一点“眼高手低”的职业病。潘凯雄在《无专业不产业》一文中说：“一个专业的学者未必能够成为一个优秀的职业出版人，但一个优秀的出版人则不能不专业。”继而他说，所谓优秀，一是对自己所处出版领域的学术要专业，否则无从判断选题的优劣高下，也缺乏对优质作者的亲和力与粘连度，二是对出版本身的职业要专业，否则无法做强做大这个产业。且不说张元济、陆费逵、叶圣陶、胡愈之等，他单举自己曾经供职的人民文学出版社，就有冯雪峰、王任叔、楼适夷、严文井、韦君宜、屠岸、萧乾等一长串名字，他们无一不是出版人与作家、诗人、文学评论家和文学翻译家的复合体，而正是他们的存在，才铸就了人民文学出版社在新中国文学出版史上的领头羊地位。

江曾培先生的这本书中，也有一串这样的名字，巴金、王元化、赵家璧、丁景唐……也都是出版人与作家学者的复合体。钱君匋在任上海音乐出版社副总编辑时，每天很早起来，写诗作画，已成习惯。江曾培先生又何尝不是如此。面对他的写作成果，我只有惭愧。这也是他再三命我作序，我不敢违命，愿意为这样一种好的编辑传统鼓与呼的原因。

写到这里，正好看到罗伯特·戈特利布回忆录《我信仰阅读》里有这么一段话，戈特利布说：“出版是把你自己对一本书、一位作者真诚的热情传递给全世界的事业。”江曾培先生说柯灵以“美文净化人生，也洗涤江山”。这既是他对柯灵先生的评价，也是他对出版的认识吧。

王为松

2020 年 12 月 19 日

前辈：作文为人尽光辉

巴金：不朽的文品与人品

一

癸酉（1993年）春节前夕，我与上海文艺出版社的几位同事照例去向巴金大师拜年。巴老的家位于上海西区。这是一幢花园洋房，环境十分幽静。巴老安坐在底层客厅向南的一角，正在阅读《巴金全集》的校样。“文革”前，人民文学出版社出版过《巴金文集》14卷，现在增补至29卷，计划在一两年内出齐。巴老见我们来了，放下校样，双手按着座椅的把手，打算站起来打招呼。我急步走上前，祝他新春愉快，并献上花篮，祝他健康长寿。巴老连声道谢。巴老因患帕金森病，行动不大方便，但气色不错。他说，只要天不下雨，他每天都要由家人扶着，在花园里散一会儿步。大部分时间，他就坐在书桌前读读写写。由于眼力不济，报刊上的字又小，“读”愈来愈被“听”所替代。在他的身旁，时刻伴随着一台小小的收音机。由于手颤抖得厉害，写字困难，每天只能写几百字，但他仍然坚持在写。自1978年年底开始，巴老以抱病之躯，用七年零九个月的时间，坚毅地写完了一百五十篇《随想录》，他说：“是大多数人的痛苦和我自己的痛苦，使我拿起笔不停地写下去。”1991年，上海文艺出版社请范泉先生主编一本《文化老人话人生》，邀请巴老写一篇。连续几天，巴老用颤抖的手写了改，改了写，认真而艰难地为这本书写下了长达六页稿纸的宝贵文章，题目是《向老托尔斯泰学习》。巴老写道："我的时间已经不多，我要好好利用它。我渴望安静，也只是为了勤奋而有效地使用这支笔。"巴老与托尔斯泰一样，都是他们各自时代的"良心"，坚持"说真话"，始终履行着一个作家的责任。正因为如此，巴老太累了。在我们拜谒之前不久，中国作家协会的张锲、周明同志特地由京来沪，劝说巴老到杭州休息一段时间，巴老这天的好气色，与那次休养有很大关系。我们劝巴老不要太劳累，隔段时间可以到他喜欢的杭州或别的地方去疗养一阵，巴老笑呵呵地说："好，好！"

巴老的记忆力极强，思维十分活跃，并未见衰老。记得若干年前，我们编选《中国新文学大系》第二辑时，打算把台湾作家杨逵于20世纪30年代写的《送报夫》选进去。这一作品的全文最初是用日文在日本发表的，后来是谁率先把它译成中文在国内出版的，一时闹不清。我们求教于巴老，巴老当即回答说，译者是胡风，1936年收入由文化生活出版社出版的《山灵——朝鲜台湾短篇小说集》。回来一查，果然如此。这天，我们又谈及文化生活出版社一些人与事，巴老都记得很清楚。巴老不仅是一位大作家，也是一位卓越的编辑家。他在文化生活出版社担任了十四年的总编辑，著名的《文学丛刊》就是由巴老主持编辑的。巴老编书，不仅组稿、看稿、改稿，而且亲自设计、发印、校对。他还记得当年为了改正排印中的一本高尔基作品里的错字，跑到印刷厂求排字工人当场改好，一个青年工人因急于赴女朋友的约会，显得不耐烦，他既体谅他的心情，又讲了不少好话，终于让这个工人抓紧时间完成了任务。

谈到这里，我猛然注意到，在巴老的书桌上，除了一叠校样外，赫然放着的是一个放大镜和一本《现代汉语词典》。在座的巴老的弟弟李济生编审介绍说，巴老遇到一些把握不准的字、词，就要翻翻这部词典。他还曾把字典、词典送给自己的晚辈，要他们勤查，不要把字用错。我们被巴老这种字斟句酌的认真精神感动，做编辑工作的人，太需要向巴老学习了。当下书刊上的错别字触目惊心，已经到了“无书不错”“无刊不错”“无报不错”的地步。究其原因，除囿于知识水平外，主要是态度不认真。如今的编辑并不是每个人都像巴老那样，在案头上认真地放着一部词典，更不是每个人都像巴老一样，遇到疑难的字，会认真地查阅字典，弄个明白。相反，如今有些编辑往往是粗枝大叶，漫不经心，让错别字一个个从自己的眼皮下顺利地滑了过去。对比之下，我们要向这位 88 岁的老人致以深深的敬意。巴老却表示，他也粗心草率，过去经手编校的书也有出错的地方，为此常常感到内疚。这在我们听来，更体现了巴老严于律己的精神。巴老当年正是依靠这种精神，联系与团结了包括鲁迅、茅盾在内的一大批作家，出色地编辑出版了在中国现代文学史上有着重要影响的《文学丛刊》。当时，曾有人问鲁迅为什么喜欢和巴金一道工作，鲁迅说，巴金做事比别人更认真。今天已是文学泰斗的他，还像小学生一样，在自己的书桌上放着一本汉语词典，就体现了这种认真。

巴老的书桌只有通常写字台的三分之一大，下面又未装抽屉，犹如小学生用的一种简陋的书桌。我向李济生先生建议，可以改用一张大些的写字台，让老人读写时宽敞些，舒服些。巴老听后就说，不用，不用，还是现在这样好。原来，根据实际需要，巴老在家里读写的地方不时会有些变化，用这样一张小书桌，搬动起来方便。巴老曾经说过，生命的意义在于付出，在于给予，而不在于接受。谁能想到这位文学大师就是在这样简陋的书桌上，以一双颤抖的手，艰难而不屈地继续“付出”他的智慧和才华，“给予”人们以温暖与光明。

半个多小时过去了，我们担心过多的谈话给老人带来疲劳，遂起身告辞，巴老双手按着座椅的把手，要站起来相送。我们都说不必了，但老人坚决而艰难地站了起来。他一手撑着手杖，一手由家人扶着，半步半步地向前缓缓移动，直把我们送出客厅。同来的一位年轻编辑是第一次拜谒巴老，他说他是带着“朝圣”的心情来的，来过以后，他确实感受到“圣光”了。

二

巴金是以小说创作著称于世的，他所创作的“革命三部曲”“爱情三部曲”“激流三部曲”以及《憩园》《寒夜》等小说，丰富与充实了中国和世界文学宝库。然而，他的散文成就同样不可忽视。他的散文创作起步较小说创作为早，此后除在“文革”期间被迫停笔外，一直没有间断过。由于巴金热情奔放，勤于思索，对生活观察异常敏锐，体会十分真切，常常有许多话要说，有强烈的感情要倾诉，而散文结构又极为自由灵活，巴金就经常借助它，把自己的见闻、印象、感受、思索记录下来，抒发出去。他先后有二三十本散文集问世。这些作品无论在思想上还是艺术上，都闪烁着耀眼的光芒。晚年的《随想录》，更被视为继鲁迅杂文之后，我国现代散文史上的又一高峰。因此可以说，作为散文家的巴金与作为小说家的巴金是比肩而立的。正是散文和小说创作上的“双峰竞秀”，奠定了巴金一代文学大家的地位。然而长期以来，人们比较重视小说家巴金，对散文家巴金则注意不够。在出版方面，巴金的各种选集也大多是小说集，编选者对散文注意不够。我们想，编一部巴金文选，集中小说以外的散文佳作，对于巴金研究将是一种有益的开拓。而且散文可以直抒胸臆，坦露心迹，因而这样的选集更便于读者看到这位文学大师的“正直的灵魂和时代的良心”。巴金于 1927 年 1 月离开上海前往法国求学，临行前写了《再见吧，我不幸的乡土哟》，抒发了即将成为游子的他对灾难深重的祖国的眷恋之情，人们一般认为此文是他从事写作的开始。为了在 1987 年年初纪念巴金从事文学创作六十周年，我们于 1986 年秋决定编选《巴金六十年文选》。

选题确定后，由巴金的弟弟、资深编审李济生前往巴老寓所向巴老汇报，并听取他的意见。巴老开始没有点头。他说：“我的文章已印过多少次了，不要再炒冷饭了吧。不要让出版社赔钱啊。”经李济生反复劝说，巴老总算点了头。后来才知道，巴老一开始不同意编文选，还有一个深层次原因，就是他在 1986 年年底给李济生的信中所表达的：“过去我说空话太多，后来又说了很多假话，要重印这些文章就应该对读者说明哪些是真话，哪些是空话、假话，可是我没有精力做这种事。对我，最好的办法是沉默，让读者忘记，这是上策。然而你受了出版社委托，编好文选，送了目录来，我不好意思当头泼一瓢冷水，我不能辜负你们的好意，我便同意了。为了这个我准备再到油锅里受一次煎熬，接受读者严肃的批判。”这再一次显示了这位文学大师“正直的灵魂和时代的良心”。

为编好《巴金六十年文选》，我们请谙熟巴老作品的李济生和巴老的女儿李小林编选，他俩认真读了巴老的各种散文集子，并查阅了巴老在有关报刊上写的文章，经过反复比较、斟酌，最后选定近 200 篇作品，55 万余字，于 1986 年年底出版。1987 年 1 月 5 日，为纪念巴金从事文学创作六十周年，上海文艺出版社举行了“巴金与中国文学”学术报告会，发布了此书出版的消息，引起社会广泛关注。柯灵在会上说，《巴金六十年文选》记录了一代文学大师漫长的人生道路，反映了我们祖国曲折多变的气运，可以看作是推算时代休咎的历书，其影响远远超出文学艺术的范围。2 月 26 日，上海市工人文化宫、沪东工人文化宫等单位联合主办《巴金六十年文选》赏析会，与会者对此书给予高度评价，将其列为读书会推荐书。发行不久，两万多册新书即告售罄，随后此书获“上海市优秀图书奖”。

十年后，仍由李济生、李小林编选，在《巴金六十年文选》的基础上，精选巴老后十年发表的新章与信函、家书，以及新发现的几十年前的文章，编成《巴金七十年文选》。篇幅扩大到61万字，收入上海文艺出版社1996年4月推出的“当代文坛大家文库”。这是一套高质量、高规格的丛书，入选这套文库的作者要同时具备三个条件：文坛大家、创作经历七十年以上、依然健在。首批五种的作者，除巴金外，另四位为冰心、夏衍、施蛰存、柯灵。“大家文库”作为文学精品丛书，除可供阅读外，还具有文献价值，可用以观察20世纪中国文学乃至整个社会的发展变化。为利于长期保存，这套书除印了4000册精装本以外，还印了100套特精装，封面用的是优质羔羊皮，光滑细腻，防潮、防霉、防蛀。同时特制了100个红木书匣，一套“文库”装一个书匣，古朴雅致。100部特精装本一一编号，从001到100，每本书的扉页都有作者钤章。这种限定版签章本，版权页上没有印定价，不投入市场，而是供作者、出版社和有关单位收藏。我们曾向北京图书馆、上海图书馆和中国现代文学馆分别捐赠了一套。

1997年6月，上海文艺出版社建社四十五周年，为报答社会各界对我社的支持，我们决定在贫困地区捐建一所希望小学，资金就是拍卖限定版签章本“当代文坛大家文库”所得。因为“文库”出版后引起很大的关注，有些单位和个人很想收藏一套限定版签章本，我们遂委托上海国际商品拍卖公司举行一次专场拍卖，为大家提供收藏条件。拍卖会于衡山宾馆举行，参拍者近百人，当听我说起拍卖所得将全部捐出，用以在贫困地区建造一所希望小学时，参拍者的竞拍热情更受到了激发。经过几轮竞拍，四套特精装的“文库”（因编号不同）分别以5.8万元、8.1万元、4.5万元和4.3万元成交，合计22.7万元。当时捐建一所希望小学一般需要出资20万元，我们决定捐资22万元。此后经过考察了解，我们决定将此款捐给地处大别山区的贫困县岳西县，根据当地干部、群众的要求，最终将希望小学建在交通相对方便的石关镇上，便于周围乡村的儿童就近入学。按照捐助规定，受助方要制订出希望小学的建造计划，送交捐助方审阅同意。我们希望岳西县尽快完成这一工作，以便学校早日建成，接收儿童入学。县教育局与石关乡领导一口承诺，同时，他们提出一个要求，请巴老为学校题写校名。这使我有点为难。因为我知道，巴老自感字写得不好，很少为他人题字，而且，他当时身患重病，我不忍再麻烦他老人家。但面对革命老区岳西县的同志的请求，我也不便一口拒绝，只能说视情况再定。回沪后，此事成为我一件心事。一天，李济生先生说要去看巴老，我就请他试探一下巴老的意思。没想到巴老一口答应。巴老一直热心资助贫困学生，多次为希望工程捐钱，曾经荣获“上海希望工程突出贡献奖”，对于“关爱孩子，关注教育”有着满腔热情。不久，巴老就将亲手写的“上海文艺石关希望小学”几个大字交李济生先生带来。我们见了，喜出望外，岳西和石关的同志更是高兴得不得了。

1998年春，岳西县的同志将他们绘制的上海文艺石关希望小学的建筑图交我们审定，我们看过之后送给巴老审阅。其时巴老已住进华东医院，他坐在轮椅上，我与郑宗培同志一人一边，将有一张报纸大的建筑图打开给他看：一座两层的教学楼，建筑面积 598 平方米，能容纳 8 个教学班，400 名学生就读。教学楼前有一个大操场。巴老仔细端详了一会儿，连说“好，好，好”。我们随即通知岳西县开工，保证秋季学生入学。是年 9 月 26 日，上海文艺石关希望小学举行落成典礼，县、乡领导希望巴老能来出席，孩子们也都惦念上海有个关怀他们的巴爷爷，写信请巴爷爷参加他们学校的建校典礼。巴老虽也想去看看，终因身体原因不能成行，特请弟弟李济生代表他前往祝贺。我与郑宗培同志一道前往。是日天雨，校门外马路的两旁，站着长长的两排小学生，穿着整洁的衣服，系着鲜艳的红领巾，在老师的带领下鼓掌欢迎我们的到来，质朴而浓烈的真情深深感动着我们。李济生先生代表巴老向全校师生问好，祝愿学校天天向上，越办越好。自那天起，在大别山区深处的石关镇，巴老题写的“上海文艺石关希望小学”十个大字一直在闪闪发光，学校也成了当地一个最闪亮的文化景点。

三

多年阅读巴金，请教巴金，我们深感巴金这位文学大家之“大”，既在于他作品的美好，也在于他人品的高洁。然而，他的作品出版较多，对他的生平系统、精当的介绍却少见。巴老长期生活在上海，我们出版社有责任在他尚健在时，为他出版一部真实可信的传记。首先要选一位能担此任的作者。经过一再研究，我们决定邀请作家、编辑家徐开垒撰写。一是徐开垒于20世纪40年代就从事文学创作与文学编辑工作，与巴金有多年交往，熟悉巴金的著作，并编发过巴金不少文章，比较了解巴金；二是他长期担任《文汇报·笔会》主编，洞悉文坛情况，与巴金的亲友多有联系；三是他富有创作才能与采访经验，兼有作家与记者之长，最适合写传记类作品。为请他“出山”，我们决定重礼相邀。1987年初秋的一天，我社一行四人——我与李济生、文学一室主任邢庆祥以及原副总编辑郑煌——前往位于新华路香花桥的徐府拜访，诚恳表示约请之意。按徐开垒的形容，是“总编亲率重旅，浩荡前来，势在必得”。他十分赞成《巴金传》这一选题，对出版社要他“挑这副担子”表示荣幸与感谢，但又谦逊地表示，自己的才力有限，恐怕辜负广大读者的期望。而且在这以前，他已应人民文学出版社之约，与一个同志合作写《陶行知传》，并已开始采集资料，因而有些犹豫。后几经考虑，他还是接受了撰写《巴金传》的邀请。他说，他之所以放弃《陶行知传》的写作计划，接受《巴金传》的写作任务，是由于觉得巴、陶二人虽然都是前辈和老师，但他对巴金生平的了解要比对陶行知的了解多。特别是巴金还健在，他的许多朋友和熟人就生活在我们的周围，有什么事情不清楚，可以随时向他们提出咨询。同时，他还认为对读者来说，出版《巴金传》也许比出版《陶行知传》更为迫切。在他向人民文学出版社说明情况并获得理解后，即全身心投入了《巴金传》的写作。

开始，徐开垒埋头翻阅了有关巴老的大量书刊资料，随后又迈开双腿，进行了广泛而深入的采访活动。他多次登门拜访巴老，请巴老回忆有关情况，得到有力的支持。同时，他访问了巴老的许多朋友与故旧，除在上海采访外，还到巴老的故乡成都及北京、南京等地访问，向巴老的众多家属如堂弟李西令、侄子李致等，老友卢剑波、朱雯、冰心、师陀、赵家璧、王西彦等，一一作了请教。他通过采访得到了大量素材，但是，由于往事毕竟相隔久远，记忆难免有误，连某些文字记载也不免失实。徐开垒认真加以鉴别，并不断向巴老核对。1988 年，《巴金传》已经完成的一部分先在《小说界》发表，其时巴老已卧病住进华东医院，女儿李小林将内容读给他听，巴老还对事实细节提出十几处补正，作者作了进一步修改，使内容更真实。徐开垒在他的创作体会中说："看来，写人物传记，有利的条件，莫过于传主的健在。我写《巴金传》，最大的幸运是随时可以请教巴金，并有他家属李济生、李小林等人的帮助。"

《巴金传》于 1996 年 7 月正式出书，分上下两卷，上卷写 1949 年之前，下卷写 1949 年之后，五十余万字。作为一本文学传记，《巴金传》既评介了传主的作品，也全面反映了传主的生活经历。作家是作为一个完整的人而存在的，他的作品固然是他生活中的一个主体，但绝不是他生活的全部。在错综复杂的时代环境里，古今中外作家的作品有时可以代表他的思想，有时却难以抒发他的感情，有时作家甚至会被迫长期搁笔。《巴金传》把传主的作品放在他的生活之中，而不游离在生活之外，生活是传记的中心。徐开垒曾就这一问题请教巴老，巴老说："作家传记应该是以作家在实际生活中的为人，来对照他的作品所反映的思想，看两者是否符合。"《巴金传》正是按照这一准则，反映了巴金"作文为人尽光辉"的一生，给读者很大的激励与启迪。

巴老生命中的最后几年是在医院的病床上度过的，他的病情为许多人所牵挂。2005 年 10 月 17 日晚 9 时许，我从洛阳返回家中，电视里正播送文学大师巴金于当晚 7 时 06 分逝世的消息，我心头一沉：现代文坛最后一盏明灯熄灭了。我当夜写了一篇悼文发给东方网，我在文中说：灯虽灭，光常明。巴老"把心交给读者"的真诚与爱心，在他不朽的文品与人品中，将永远温暖和激励着人们。

2020 年 1 月 31 日

钱君匋：一身璀璨的艺术大师

艺术大家钱君匋多才多艺，中国传统文人的诗、书、画、印四绝，他样样都精。此外，在音乐、教育、出版、收藏等诸多领域，他也有很高造诣，成就卓著。他的大名我早就知道，第一次见面则是在“黑云压城城欲摧”的年代。20 世纪 70 年代初，我从位于奉贤海边的五七干校“上调”，由于原单位新民晚报社已经停办，我“无枝可栖”，遂被安排到出版系统。当时，上海原来的十几家出版社的编制也都被撤销，合并为上海人民出版社，我被分配在文艺编辑室，即原来的上海文艺出版社，包括早先的上海文化出版社和上海音乐出版社。钱老于 1956 年上海音乐出版社创立时即任副总编辑，这时他的编制也在文艺编辑室，因而我与他成了同事。

钱老于 20 世纪 20 年代在开明书店任音乐美术编辑，开始与鲁迅来往。鲁迅称赞他的封面设计有鲜明的风格，请他为自己的译著《十月》等装帧设计，并在家中向钱老展示了自己珍藏的许多汉画像拓片，鼓励钱老把上面的图案纹样和人物造型借鉴运用到装帧设计中去。受此鼓舞，钱老的封面装帧愈臻精美，有“扫荡天下”之势，一时称为“钱封面”。在“文革”受审期间，钱老不顾被批被斗之苦，以两年的时间，起早摸黑，精心刻制了一百六十八方鲁迅笔名、别号印章，实现了他要把鲁迅所有笔名刻成一部印谱的夙愿。这部《鲁迅印谱》体现了钱老对鲁迅的深深的敬与爱，也体现了他对艺术追求的坚忍不拔。然而“文革”期间，这部印谱被勒令交出。不过，钱老挚爱艺术的心火，是任何力量也扑灭不掉的。他愤而重刻第二套《鲁迅印谱》，进行无声的抗争。笑到最后的终于是钱老，粉碎“四人帮”后，历尽磨难的《鲁迅印谱》终于得以付梓问世，成为我国印圃的一株奇葩。

新时期到来，我们的接触自由了，增多了。每逢春节，我都会到钱府拜年。钱老很勤奋，虽已高龄，仍保持黎明即起写字作画的习惯。书房四周挂着多幅名人字画。他酷爱艺术珍品，几十年来节衣缩食，收藏了不少名画、名帖、名印。苏东坡是“宁可食无肉，不可居无竹”，钱老则是“宁可食无肉，不可居无画”。粗茶淡饭，他甘之如饴，但家里如果没有可供欣赏观摩的艺术品，他就会食不甘味，寝不安席了。“文革”初期他的收藏品被抄，他是“痛彻心扉，欲哭不敢，欲忘未能”。“文革”结束后，被抄文物得以退还，他欣喜若狂。在文物回家的那天晚上，他高兴得痛饮了五斤花雕，称其为有生以来第一快事。是年是 1980 年，农历庚申年，他还特意刻了“与君一别十三年”和“君匋庚申重得”一朱一白两方印，钤在久别重逢的书画文物上。

钱老仰慕先贤，将自己的书房命名为“无倦苦斋”。“无”，指“无闷”赵之谦；“倦”，指“倦叟”黄士陵；“苦”，指“苦铁”吴昌硕。三人皆为晚清印坛巨擘。“斋”，在金文中与“齐”

相同，钱老有时也称“无倦苦斋”为“无倦苦齐”，以表示对现代艺术大师齐白石的崇敬之意。在这个“无倦苦斋”里，钱老以先贤为榜样，不畏艰“苦”，常年挥毫写字作画，奏刀治印，在艺术上作着不“倦”的追求。一次我去看他，他说这个斋名在“文革”中也横遭批判，罪名是“无倦苦斋”与上海话“无权可抓”谐音，其主人是借此发泄内心的不满。如此深文周纳，使他当时把一方刀法极佳的印章赶快磨掉，因为上面刻的字是“山家春最好”。试想这五个字按谐音法“硬装斧头柄”，不是可以读作“三家村最好”吗？“三家村”当时是全国重点批判的对象，若为此给他加上一顶“帽子”，恐怕也只得老老实实戴着了。

黑暗过去，沐浴着新时期拨乱反正、改革开放的阳光，钱老精神焕发，在他的“无倦苦斋”里有了如鱼得水的自在。他全身心致力于国画、书法与篆刻的创作，艺术成就于晚年达到高峰。在国内外多次举办书画篆刻展览，都获得极大的成功。香港大学连续两次举办他的作品展，这在该大学是“前无古人”的。同时，“无倦苦斋”的收藏也愈来愈多。钱老的收藏，是和学习、借鉴紧紧联系在一起的，学谁的作品，就收藏谁的作品。作品收藏之广，表明他学习范围之广，吸取众家之长，熔铸了他的简练、奇特、雄厚的艺术风格。其中徐青藤、新罗山人、赵之谦、吴昌硕、黄牧甫等人的作品收藏较多，表明他更多地在学习这些大家。钱老十分珍惜这些藏品，每次取出揣摩观赏，总要事先洗手擦桌，以防污染。1995年，因市政建设需要，他居住的地方要拆迁，钱老服从了大局，但要将那些藏品安全妥善地搬走，并非像搬迁一般家具那样容易。其间我曾去看过他一次，只见周围邻舍都已搬迁，仅剩下钱老孤零零的一家。钱老忙上忙下，亲自将藏品一一打包、登记，做得十分仔细认真。我劝他找些人帮忙，他说这些藏品唯他熟悉，为防止损坏或遗失，只得自己多辛苦一点。那时，他收藏的大部分文物已于 1987 年捐赠给家乡浙江省桐乡县，但七八年来，他又收藏了一批，尽管数量较先前少些，也让他忙了好长时间。

这后一批的珍藏品，钱老又于 1996 年捐献给他的祖籍海宁市。海宁市与桐乡县为接纳珍品，分别建立了钱君匋艺术研究馆与君匋艺术院。两地的开馆仪式，钱老均邀我参加。桐乡县的君匋艺术院坐落在桐乡县梧桐镇上，是座多功能的现代化建筑，可作“珍品收藏之库，艺术研究之宫，讲学传授之院，书画创作之家，展览陈列之馆”。钱老捐献的 4083 件珍贵文物中，有明、清、近现代名家的绘画、书法、印章，以及瓷陶铜玉器。吴昌硕的印章有 152 方，大大超过了吴昌硕自己创办的西泠印社内的总藏。经正式审定的国家一级珍品有 13 件之多，在浙江，仅次于省博物馆和天一阁。这些藏品的总价值，当时有人估价为 6000 万元，现在则不知要翻多少倍了。

君匋艺术院的落成典礼定在 1987 年 11 月 10 日，桐乡距上海 150 公里，9 日下午 1 时半，我与赵家璧先生结伴驱车前往，冬日苦短，6 时半抵桐乡，已是万家灯火了。我们顺利找到了县招待所，这里人声鼎沸，气氛热烈，沪、浙、皖以及香港等地的文艺界人士云集此处，赞扬君匋先生慨然捐献大量文物的爱国爱乡义举。钱老则表示："生不带来，死不带去。艺术培育了我，我也应该为艺术的发展贡献一点力量。个人保存文物，是难以持久的，所谓'儿子不卖孙子卖，孙子不卖曾孙卖'，有时还会引发许多家庭矛盾乃至争斗。我平生收集珍护下来的文物，交给这一艺术院保存，使其能长存人间，流传千秋，为子孙后代造福，我感到莫大的宽慰和愉快。"

钱老说的是肺腑之言。20 世纪 80 年代后，已逾古稀之年的钱老不时为病所扰，小他一岁的堂弟钱镜塘溘然长逝，让他滋生了要考虑"后事"的念头，其中最主要的，就是如何处理好他一生收藏的几千件文物。按照传统的做法，是将文物传给三个儿子——钱大绪、钱正绪和钱茂绪，可是，三个儿子全都是学理工的，没有一个继承父亲的艺术事业。他们难以像保护自己的眼睛一样，保护钱老一生辛勤积累的文物，如此传下去，文物必会外流失散。依靠文物贩子把文物变成现钱，再把现钱留给三个儿子，这样虽然为后代留了钱，但文物就在自己的手上失散了，这违背了他苦心收藏的初衷。他想，最好的办法是将文物捐献给国家。由国家保管，文物不仅不会失散，而且能发挥应有的作用。为此，他召开了家庭会议，讲了自己的想法，征求老伴和三个儿子的意见，得到了家人的同意和支持。有几个地方都欢迎他的捐献，有些却因为经费问题，一时难以为这些文物专门设立收藏场所，而他的家乡桐乡县则明确表示，可为捐献文物专门安一个"家"，划拨 120 万元来建造君匋艺术院，以充分发挥这些文物的教化与鉴赏作用。钱老听了很高兴，觉得他收藏的文物由此"能长存人间，流传千秋，为子孙后代造福”，这是最理想的归宿。面对君匋艺术院的落成，他有着“莫大的宽慰和愉快”，那的的确确是他真情的流露。

10日上午10时，君匋艺术院正式揭幕，来宾们进入这个设计精巧、环境幽静、景色宜人、占地半公顷有余的艺术院时，莫不交口称赞，在盛赞钱老义举的同时，也称颂桐乡人民建造此院的卓识远见。其中一位来自温州的客人说桐乡不比温州富，却造出拥有展览厅、讲堂、研究室、资料室、珍藏库的艺术之宫，温州要比桐乡富，不少人却在忙于营造冥府之家，以至境内坟山累累。这使我想到，文明的发展虽有赖于经济上的富裕，但富裕与文明并非注定会同步发展。有了钱，是用于文化教育事业，创造一种促进人升华的文化气氛，还是挥霍于封建迷信行当，制造一种迫使人沉沦的乌烟瘴气，这确实关乎有无“卓识远见”了。回沪后，我即以《桐乡人的卓识远见》为题，写了一篇小文刊发在《人民日报》上，赞扬桐乡人，赞扬钱老。

十一年后，1998年5月9日，海宁市的钱君匋艺术研究馆揭幕。这是为钱老捐献文物所建立的第二座艺术馆，位于海宁硖石镇的西山山麓，占地10亩，总建筑面积2800平方米。设计根据地形环境特点、建筑的文化性质和功能要求，采用了中国传统的建筑艺术与国外现代化建筑艺术相结合的设计手法，在环境、功能、建筑构成、文化品位上都达到了相当高的水平。当时馆内的千余件文物均系钱老所捐，多为他近十多年收集的藏品，有一个馆集中展出钱老自己创作的篆刻、书法、绘画、书籍装帧的精品。在下午的开馆仪式上，面对各地前来祝贺的嘉宾与硖石镇的许多观众，已是93岁高龄的钱老再次诚挚地表示了他收藏文物的心愿：不是为了赚钱，而是为了观摩研究；不仅是为了个人的研究，更是要物尽其用，让更多的人见识，以造就新人。因此，他希望研究馆能很好地为青少年和美术爱好者提供服务，不要把研究馆办成一把锁，办成一只保险箱，那样意义就不大了。我在会场听着这些富于思想光泽的话语，感到这位在艺术领域集众美于一身的老人，更显完美了。此时初夏的夕阳灿烂辉煌，它的光线越过风景秀丽的西山，把站在馆门前讲话的钱老染得一身璀璨。

三个月后，钱老因病住进瑞金医院，我曾前去看望。终因治疗无效，钱老于1998年8月12日驾鹤西去。人们沉痛哀悼，为我国当代艺术界失去了一位大师而惋惜痛心。钱老为人真诚，待人温和，我俩相处二十多年，成了“忘年交”，他对我多有关照。1986年，他欣然为我的一本随笔集题签“海上乱弹，钱君匋题”，字形劲秀有力，并加盖了他的印章。1987年，钱老还曾为我与妻子黄影虹治印，一朱一白，刀法淳朴老辣，浑厚飘逸，边款刻有“君匋八十二”字样。1988年12月，他书赠一副对联予我：“高梧风必至，沧海龙一吟”，笔触质朴灵动，富有隶书风味。这些，都是弥足珍贵的纪念了。

2020年1月28日

赵家璧：编辑的标杆

20 世纪八九十年代，我供职于上海文艺出版社。1997 年 3 月 11 日晚上 9 点多钟，我刚从单位回到家，接到赵家璧先生三公子赵修礼同志的电话。他说，赵老今天傍晚突然昏迷，医院抢救了几小时，情况没有好转。我当即与我社党委副书记徐保卫同志一起赶往医院探望。家璧先生住华东医院新楼，年初因肺部积水被送进医院。我第一次去看望时，医院就怀疑他患了肺癌，但还没有最后确诊。家璧先生当时精神尚好，躺在病床上，还是像过去一样，关心着出版事业，询问了图书市场的情况。此后病情发展较快，几度出现险情，依赖医院的精心治疗，一一转危为安。今晚的病情来得更猛，除呼吸困难外，还伴以心脏衰竭、肾衰竭。修礼同志的二哥修义、大姐修慧等均侍奉在侧。我们轻轻呼唤着赵老，他紧闭双眼，没有什么反应。床侧监视器荧屏上的曲线波动，显示他的心脏跳动已十分微弱。医生们仍在做着抢救，同时也告知家属要做好思想准备。

与家璧先生同室的一位老同志也因病危，正在抢救。两张病床用一幅屏风隔着，医生护士进进出出，一片紧张忙碌。我们不宜在病房久留，随即与修义、修礼兄弟退到室外。修义同志说，已电告他们在东北执教的大哥修仁，要他迅速赶来上海。

我们在走廊里待了一段时间，赵老的病情没有多大变化，修礼兄弟极力劝我与保卫回去，说如有什么情况，会立即电话告知。回到家里，我把电话放在床头，以便能及时接听，同时又企盼电话不要来，家璧先生能像以往一样转危为安。这一夜，我就在这种焦虑不安中度过，没有睡熟。一直到天亮，修礼他们都未来电话。上班后，我与保卫同志庆幸赵老又闯过了一关。孰知未几，电话铃响了，修礼同志沉痛地告知，家璧先生于午夜——3 月 12 日 0 时 57 分逝世。因为不想深夜打扰我们，才拖到现在通知。

终于未能挽留住赵老，这是我国出版界的重大损失。我当即向市新闻出版局报告。局领导很重视，立即与国家新闻出版署以及市委宣传部联系，组成以宋木文、贾树枚同志为组长的治丧小组。讣告发出后，唁电唁函犹如雪片般飞向治丧小组与上海文艺出版社。

大家沉痛哀悼一代出版大家的逝世，缅怀家璧先生的崇高风范与杰出贡献。家璧先生一生与书结下了不解之缘。他读书、译书、写书、编书。书，成为他生命存在的形式。他是个“活到老，学到老”的读书人，在创作与翻译方面均取得重要成就，具有多方面的才华，然而比较说来，赵家璧之所以成为赵家璧，主要在于他特别钟情于编书，有着辉煌的贡献，是编辑出版界的一根标杆。

家璧先生在 20 世纪 30 年代初就读于光华大学，那时他就生了一颗“编辑心”，长了一双“编辑眼”。他向上海良友图书印刷公司提出建议，创办专供大学生阅读的刊物《中国学生》，良友接受了这一建议，并请他担任主编。他半工半读，把刊物搞得红红火火。1932 年大学毕业后，他即被良友吸收为正式职工，编选了“一角丛书”“良友文库”“良友文学丛书”等多种丛书，其中带有纪念碑意义的，是《中国新文学大系（1917—1927）》。当时，他年仅二十多岁。

我比较深入地认识家璧先生，就是从《大系》开始的。1982 年，上海文艺出版社决定把《大系》作为一项“世纪工程”续编下去，首先是续编新文学的第二个十年（1927—1937），作为《大系》的第二辑。是年冬，我随当时的社长丁景唐同志赴京组稿，家璧先生恰好也在北京开会，我们一同住在海运仓总参招待所后面的一座称为“将军楼”的小楼里。这是一座三层楼房，之所以被称为“将军楼”，是因为有将军在这里住过。实际上，它的条件要比前面的大楼差。不过，小有小的好处，这里旅客较少，比较清静，而清静是赵老与我们所共同喜爱的。在这里，我们经常讨论《大系》，他对续编《大系》表现出极大的热情。他告诉我们，《大系》本打算续编第二辑，但由于 1937 年“八一三”事变爆发，事情就“黄掉了”。抗战后期，良友迁到重庆，到 1945 年抗战胜利前夕，家璧先生又萌发续编《大系》的念头，计划将 1927 年至 1937 年的“第二个十年”作为第二辑，1937 年至 1945 年的“抗战八年”作为第三辑。由于“第二个十年”的资料集中在上海，在重庆无法搜集齐全，因而先动手的，却是“抗战八年”的第三辑。郭沫若、茅盾、老舍、巴金等都给予支持。可惜良友于抗战胜利后迁回上海，因股东纠纷宣告停业，续编《大系》的计划又一次中断。家璧先生说，好事多磨，续编《大系》的梦能在你们手中实现，真是太让人高兴了。虽然这项工作在1949年之后就该做，现在晚了一些，但晚也有晚的好处，大家对一些问题的认识清楚了，可以编得更好些。我们说，要编好它，还得请您这位顾问多“顾”多“问”，他爽朗地说：“一定，一定。”

老丁带着我们在北京拜访专家学者，周扬、夏衍已应允分别为理论卷、电影卷编选作序，散文卷想请叶圣陶担纲。家璧先生在重庆时，曾约请叶圣老编选《大系》“抗战八年”的散文卷，叶圣老当时答应过。一天，已经74岁高龄的家璧先生尽管腿脚不便，仍拄着手杖，欣然陪同我们去看望叶圣老。叶圣老住在北京东四的一座四合院里，我们穿过一个花荫寂寂的小院，进入一间简朴雅致的客厅，受到叶至善同志的接待。至善同志为叶圣老的大公子，面相酷似父亲，只是身材瘦长些。他也是一位出版家，时任中国少年儿童出版社社长。随后叶圣老从内房走进客厅，和我们一一握手。叶圣老那年已89岁，须眉皆白，慈祥和善，好像一位老寿星。他与家璧先生亲切地互诉往事。他俩从30年代初以编辑与作者的身份开始交往，已相识半个多世纪了。赵老由此讲起，上海文艺出版社打算续编曾经得到叶圣老支持的《大系》，希望叶圣老继续支持。叶圣老对续编《大系》连声称好，他说：“《中国新文学大系》按时期继续编下去，是非常有意义的事。一方面能让读者看到各时期的人民生活，这是文学创作的‘源’，另一方面记录了新文学运动的发展和演变，这是文学创作的‘流’，可以供今后的作者做借鉴。”但是，对于要他为散文卷编选作序的请求，他用浓重的苏州口音说：“实在勿来事，实在勿来事。”他说，他的身体已非30年代在上海时可比，也非40年代在重庆时可比，他现在不能承受过重的负担，“不接受你们的任务，我还能安安静静睡觉，如果答应了你们，我就睡不好觉了”。家璧先生与老丁商量了一下，觉得为了叶圣老的健康，不该勉强他，遂改请他推荐一位人选，叶圣老不假思索地说：“吴组缃很适合。”第二天，我们去北大校园拜访吴组缃先生，吴先生慨然应允。在家璧先生有力的“顾问”下，邀请名家的任务顺利完成。

那天从叶圣老处回到海运仓，家璧先生特别向我谈起叶圣老虽是位著名作家，但对人提起自己的职业，多说是编辑，是教师。叶圣老常说，编辑工作也是教育工作，是十分有意义的工作。1981年，家璧先生把自己的新著《编辑生涯忆鲁迅》邮赠叶圣老，叶圣老在复信中特意提到“鲁翁毕生致力于编辑极勤，主旨唯在益人”。他讲这些，既流露了他对编辑工作的深深热爱，同时也启示我这样在编辑岗位上的后辈，要以大师为榜样，爱岗敬业。

实际上，家璧先生也是“毕生致力于编辑极勤，主旨唯在益人”的一个光辉榜样。而且，较之鲁迅、叶圣陶这些文学大师，他是在更长的时间里，将自己的全部精力都奉献给这个“为他人作嫁衣”的高尚事业。良友停业以后，他与老舍一起，历经艰难，创办了晨光出版公司，出版了包括《四世同堂》《围城》等名著在内的“晨光文学丛书”，为中国现代文学积累了一大批优秀作品，在读者和作者中赢得了很大的声誉。1985 年 6 月，我出任上海文艺出版社总编辑，为了规划出书，专程到家璧先生家请教。他家位于山阴路，与鲁迅故居相距不远，都在大陆新村内，房屋结构也是一样的。在他的二楼书房里，我俩畅谈了一个下午。他说，编辑工作绝不是“剪刀加糨糊”，而是一项很有学问的工作。编书可以是被动的，跟着作者走，作者拿出个什么书稿，就编什么书稿，但这样很不够；编辑应当发挥主动性、创造性，要有自己的设想，组织相应的作者写稿。设想从什么地方来？就要深入调查研究，了解读者的需求，了解各方面信息，进行反复比较推敲，然后形成自己的意见。编辑应该有思想，有见解，勇于开拓，勇于创新。我知道，这是家璧先生所以能在编辑行当中出类拔萃的经验之谈。他所策划组织的《中国新文学大系》等丛书，都是这些精神的外化。

这天的谈话，促使我们后来就选题做了一次广泛的社会调查。在调查中，我们发觉市场上需要一种价廉质优的普及性的文化知识类丛书。借鉴家璧先生当年在良友编辑“一角丛书”的经验，我们决定组织一套内容更加广泛的“五角丛书”。由于它继承并发扬了“一角丛书”质优、价廉、雅俗共赏的特色，读者争相购阅，一时形成了一股“五角丛书热”。头五年共出版了 12 辑 120 种，发行量高达 4000 万册，每本平均 33 万册。这套丛书获得“全国图书金钥匙奖”“全国优秀青少年读物奖”等多种奖项。

此后每年的春节，我都要去拜访家璧先生，聆听他的教诲，直到他 1997 年春逝世。1988 年春节，他送我一本新著，题为《书比人长寿》。我感到，这个书名太有意义了。它一方面表明书具有思想文化价值，能够长久地“活”下去，流传下去；另一方面，又示意以书为业的出版工作者，要着力编辑高质量的“长命”书，尽量减少那种昙花一现的，乃至“出生之日，即是死亡之时”的“短命”平庸书。“书比人长寿”，可以说凝聚着家璧先生一生编书的体验。在之后的一次出版精品战略研讨会上，不少同志对精品图书的含义，从各个方面作了叙述，我说，这些叙述都有一定道理，不过，我更愿意引用赵家璧先生“书比人长寿”的说法，精品图书应该是富有长久生命力的图书。人们称善。

家璧先生逝世后，在他的遗体告别仪式上，我与丁景唐、郝铭鉴、左泥等同志献了一副挽联，作为一瓣心香，敬献在他的灵前。上联是：良友丛书文学大系中国画库一生在书海扬帆心血传世已成珍璧，下联为：编辑通才出版英俊著译圣手全力为文苑添彩风范照人堪称大家。家璧先生作为出版工作者，早已成为大“家”；他所编《大系》等图书，则已成为珍“璧”。他编的“书比人长寿”，他的业绩与风范将长留人间。

他逝世十二年后，2009 年 10 月，为庆祝中华人民共和国成立六十周年，国家新闻出版总署、中国出版协会组织评选了“新中国六十年百名优秀出版人物”，赵家璧与舒新城、钱君匋、罗竹风等前辈，虽都已经过世，仍榜上有名，人们没有忘记他们。健在的上海出版人中，有巢峰、陈昕，我也忝列其中，我为能与家璧先生“同榜”而庆幸，庆幸在人生之路上结识了他，衷心感谢他对我热情的关爱与引导。

2020 年 1 月 15 日

柯灵：才高气清一典范

前辈作家柯灵文笔潇洒，才气横溢，同时又字斟句酌，笃实严谨，即使到耄耋之年，在他身上，还是保持着那种才子气与学者风的完美结合。

1993 年 5 月 1 日至 1994 年 4 月 30 日，中国微型小说学会与新加坡作家协会在春兰公司的赞助下，共同主办了“春兰·世界华文微型小说大赛”。海内外有二十八家报刊参与，提供发表园地。此项活动得到了文化界前辈的大力支持。冰心、汪道涵、夏征农、施蛰存、萧乾任顾问，大赛组委会、评委会主任一职，则公推时任国际笔会上海中心会长的柯灵担任。一年间收到的近万篇参赛稿件来自五大洲。赛事规模之大、范围之广、时间之长、作品之多、影响之大，在世界华文文坛实属少见。为做好评选工作，1994 年 4 月中旬，组委会、评委会在泰州开会，柯灵先生为尽主任之责，不顾高龄，在夫人陈国容先生“保驾”下，也欣然前往。第一天全天开会，柯老一直坚持参加，认真听取了大家的发言，也讲了自己的意见。当时社会上的征文评选，最后一般都只是公布一下入选名单，柯老认为这样做不够，每位评委对自己认可的作品不能只是简单画圈了事，而应写出简短的评语，一是以示负责，二是有助于读者阅读了解。随后，柯老带头这样做了。他的评语言简意赅，文采斐然，如对《握手》一文的评价：“极左时代的政治笑话，娓娓道来，引人入胜。婉而多讽，谑而不虐。”对《新式扑克游戏》一文的评语：“设想新奇，讽刺辛辣，活画出一幅生动的当代世相图。”在公布获奖作品的同时，也披露了评委们的这些评语，受到读者的称赞。

第二天下午瞻仰梅兰芳纪念馆。梅是泰州人。这位杰出的京剧大师，也是一位杰出的爱国者。抗战期间蓄须明志，表现了他高尚的民族气节。柯灵于1945年9月日本宣布无条件投降后不久，曾登门拜访闭门谢客、隐居八年之久的梅兰芳，当时他俩相谈甚欢。梅兰芳感叹自己“憋了八年”，作了很大的牺牲。柯灵说：“梅先生的牺牲替中国人民争了光，替戏剧界争了很大的面子，值得我们用庄严的笔墨来记述。”柯灵之所以在当时就能这样高度评价梅兰芳，因为他本身就是一位革命志士、爱国志士。在国土沦陷的上海，他一直在苦斗着，苦战着，以至坐过日本人的监牢。这天，他在梅兰芳生平陈列室内反复盘桓，随后又来到放映厅，重温了梅兰芳主演的《贵妃醉酒》等影片。抚今思昔，感慨良多，他语重心长地对纪念馆工作人员说：梅兰芳是中国人的骄傲，要认真管理好这个纪念馆。

回上海后，为了配合这次评选，让更多的读者对微型小说这一刚从短篇小说中分离出来的文体有所认识，微型小说学会几位同志商量，想请柯老写篇文章。经过电话约定，我和徐如麒同志来到柯老家。陈国容先生热情引座赐茶。柯老正在里间写作，听到我们来了，笑呵呵地走到客厅，戴上助听器，与我们交谈。谈到文章事，他谦虚地说，他对微型小说缺乏研究，难以写出什么东西。然而，经过我们一“磨”再“磨”，他最后表示，请我们送点材料，看看以后再定。这次我们虽然没有得到柯老的肯定答复，但他那种对写作的认真严肃态度深深打动了我们。

大约十天以后，我们再去拜访他。还是国容先生开门，引座，赐茶，柯老也仍是在内间伏案写作。家中没有其他人，老夫妻俩相互扶持，过着淡泊清贫的笔耕生活。柯老对我说：“你们送来的《世界华文微型小说大成》，八百多页，我看了，其中有创作，有理论，有详尽的资料，洋洋洒洒，使我很有刘姥姥进大观园之感。你写的序似乎把要说的话都说了，我想不出什么新意见。”陈国容先生插话道：“季琳（柯灵本名高季琳）这些天放下手中的事，为写微型小说的文章在读，在想，也写过几个开头，都不满意，被他撕掉了。”我们说，柯老一定能为微型小说写出精彩的文字，我们等待着。

后来，柯灵写出了题为《小说行中最少年》的文章，对微型小说的渊源、历史、特征以及在当代流行的原因，多有独创性的分析。虽系理论文章，经他那特有的清丽古朴、生动典雅的笔触加以点染，也成为一篇美文，读来赏心悦目。如他分析微型小说要“大处着眼，小处落墨；深处见精神，巧处见功夫”时写道：“关节处一着棋活，妙手成春，结穴处临去秋波那一转，令人低回不尽。对浩渺无边的人间诸相，如豹窥一斑，鼎尝一脔，弱水三千，取一勺而知深浅。这样才能显示微型小说的独特个性，如玉树临风，不同于它那些老成持重的兄长。”这篇文章在《小说界》杂志发表后，被海内外多家报刊陆续转载。现在，二十多年过去了，微型小说作为小说家族中的独立一支，已经初步长成，柯老的《小说行中最少年》一文，已成为微型小说发展史中一篇经典的文章。此文的篇幅像微型小说一样短小，仅两千余字，但人们从中同样可以看到柯灵那闪光灵动的才气，和他那认真严谨的创作态度。

我之所以说“同样可以看到”，是因为我曾经多次看到过。1990 年，上海文艺出版社启动了《中国新文学大系》第三辑的编选工作，其中散文卷请柯灵作序。这辑《大系》所收作品的时限为 1937 年 7 月至 1949 年 10 月，即抗日战争与解放战争时期。柯老是过来人，对这个时期的作家作品大多接触过，然而，他并没有凭这点“资本”就动笔，而是首先认真阅读了散文卷所收的一百八十位作家的三百六十五篇作品，计一百二十万字。随后又查阅了当年六十多种散文集，以期对散文创作的整体情况有进一步了解，然后才开始动笔。初稿写成后，“冷处理”了一段时间，觉得不满意，毅然推倒重来。为此，他又重点研读了何其芳、钱钟书、梁实秋以及周作人等人的散文集，并参考了有关文学史的著作，终以深沉的历史眼光与当代的审美意识，创作了一篇见解不凡而又情文并茂的序文。文中既有宏观论述，也有微观分析，对主要作家作品还有几句简要的点评，如说冰心“典雅清婉的文风，融入流畅严实”，丰子恺“并不标榜性灵，但明心见性，字字掬自肺腑”，巴金“热情如火，笔致如大江奔流”，茅盾“长于诠析，理胜于情”，等等，看似信笔挥洒，佳评天成，实际上是反复推敲，千锤百炼。此文仅八千余字，倘若敷衍塞责，以柯灵之才，几天时间就够了，可他却为它花去了三个多月的时间，其间放弃了三次外出开会和考察的机会。这种一丝不苟、精益求精的严谨态度，使这篇序成为精品佳作，赢得了海内外的普遍好评。

1992年年初，我们筹划出版《柯灵六十年文选》，书稿由柯老亲自编选。当时柯老已83岁高龄，责任编辑陈先法同志开始担心柯老是否有精力和时间去完成这一颇为浩瀚而又繁琐的编选工作，可是几个月后，柯老将几只大信封装着的稿子交给了陈先法。所有的稿子都整理得清清楚楚，整整齐齐，前面附有一张长长的目录，每袋为一卷。打开来看，每篇稿子的角上又用红笔写着次序号码，井井有条，丝毫不乱。他为编辑的工作打下了最好的基础，陈先法感动极了。他感受到的，不仅是柯老认真踏实的工作精神，更是柯老处处关怀他人、为他人设想的人格与胸怀。凡与柯老相识相交的编辑，都庆幸自己结识了一位文品与人品相得益彰的文坛前辈。

说到人品，还有一件事给我印象很深。柯灵曾经耗费多年酝酿创作长篇小说《上海一百年》，但因零星求稿者不断，他的长篇写写停停。为了减少外界对他的干扰，我们出版社曾想为他安排一个僻静的写作地，但他觉得自己能解决，不愿麻烦出版社。我们知道他经济条件并不好，长篇上手后，别的东西就会写得少，影响他的收入，因而于1991年上半年，为《上海一百年》开了一点预支稿费，由责任编辑李济生同志送去，他却婉拒了。他说："我感谢出版社的关心，但我的书稿还未写出，能不能写好还难说，这个钱现在不能拿。"这种严于律己的高尚情操，在当时受到“一切向钱看”的歪风污染的文坛，有着振聋发聩的意义。我曾在上海的一次文艺座谈会上谈到这件事，与会者对柯老的风范纷纷表示赞赏与感佩。

1996 年，我社出版了一套高质量、高规格的“当代文坛大家文库”，入选这套文库的对象要同时具备三个条件：文坛大家、创作经历七十年以上、依然健在。就是说，要是大作家、老作家、活着的作家。梳理当时的中国文坛，符合这三项条件的，只有冰心、夏衍、巴金、施蛰存和柯灵五人，其中 87 岁的柯灵年龄最小。柯灵还是亲自动手，以他的《六十年文选》为基础，作了必要的增删，补上了 90 年代写的文字，扩充为《七十年文选》共二百三十篇，写作时间最早的一篇写于 1926 年 9 月 1 日，最晚的一篇写于 1995 年 7 月 4 日，写于 1994 年 3 月的《小说行中最少年》一文也收入此书。内中散文和杂文占大多数。柯灵说：“我以杂文形式驱遣愤怒，而以散文的形式抒发忧郁。”无论是愤怒还是忧郁，都紧紧联系着民族的命运和时代的风云。柯灵的文字，古朴典雅，清丽生动，读它是一种美的享受；同时它又意蕴深厚，充满正气，读它也是一种思想的激励。柯灵自谦，说他“无力指点江山”，但“也不至贻误苍生，却可以勉力做到俯仰无愧，内心安适”。实际上，文品与人品完美结合、相得益彰的柯老，大有益于苍生，以他的美文净化着人生，也洗涤着江山。

2020 年 1 月 20 日

林放："老将"的师恩

辛未羊年（1991年）除夕，时届子夜。楼外除旧布新的爆竹声越来越响，越来越密，壬申猴年来临。我接到的第一个拜年电话，是新民晚报社赵在谟兄打来的。他告诉我："'老将'病危，已送华东医院抢救。""老将"者，即新民晚报社社长赵超构。50年代起，赵超构主持社务，大展抱负，成就斐然，同仁都尊重而亲切地称呼他为"老将"，随后，这一称呼"蔓延"到上海整个新闻界以至出版界、文艺界、学术界。一般读者都知道晚报有位杂文家林放，数十年来在"未晚谈"专栏撰写文章，几乎每日一篇，"文革"中被迫停笔。80年代后，他老店重开，重新"大放"起来。他的文章平易通顺，朴实精炼；入情入理，刚柔相济；深入浅出，微言大义。"未晚谈"专栏深受各阶层读者欢迎，时人赞之曰"林放文章老更成"，而赵超构这一本名，读者却知之不多。

我在电话中问在谟兄："'老将'住几室几床？"在谟说："医院关照，为了不干扰治疗，探望的人越少越好，你暂时不要去看他。"我唯唯。但我决心不管医院吩咐，打算在节日期间去看望他，看望这位引我走上报坛、文坛的最有影响的领路人。然而，真是天有不测风云，节日期间我血压突然升高，且伴有手足麻木感。到医院一看，说有中风预兆，当即被留院治疗。这样，我也被病魔拖住，暂时不能去看望"老将"了，但我仍时时挂念他。有朋友来看我，我总要打听他的病情。有时听说好些，有时听说坏些。壬申年正月初十，公元1992年2月13日下午，出版社王肇岐兄来，始知林放已于前一天（12日）晚间逝世。对这一噩耗，我不能说没有一点思想准备，但我还是受到深深的一击。我为自己不能在林放师生前向他作最后告别而感到遗憾。我请肇岐兄代向有关同志打一招呼，为我在林放师灵前献一花圈。是日傍晚，《中外论坛》友人要我写点悼念林放师的文字。我正昏昏然，浑身乏力，本难应命，但对林放师的哀思深深围绕着我，我需要吐一吐自己的缅怀之情，便说："好啊。"

1956年2月，我23岁，由华东团校调入《新民报·晚刊》（1958年改名为《新民晚报》）。当时报社刚合营不久，编辑部人员大多是1949年前从事新闻工作的老报人，青年很少。"老将"在他简陋的办公室里接待了我。他向我介绍了《新民报》的历史，讲述了新闻工作的要求，勉励我大胆地干。他说，报社需要你们这些生龙活虎的年轻人来龙腾虎跃。他安排我做记者，到新闻第一线去摸滚摔打。他说，做记者要勇于捕捉新闻，"别人把大门关了，你能从窗子里跳进去"。做记者也要静得下心，"即使在南京路百货公司这样热闹嘈杂的环境里，也能写出稿子来"。我努力地这样去做。那年6月，苏联太平洋舰队访问上海，这是上海解放后首次接待外国军舰来访，加之当时中苏友谊的大背景，中苏双方都极为重视。6月19日晚，上海一行记者在时任新华社上海分社社长穆青的带领下，随同东海舰队旗舰南昌舰从黄浦江码头出发，前往东海迎接。20 日清晨，在海上举行了隆重的迎接仪式，苏联舰队预计下午 2 时左右抵达上海外滩。因为要提前发稿，我与东海舰队的同志讲好，10 点左右先行搭乘一艘快艇返回市区，谁知联系上一时出错，回返的快艇忘了带我。我担心稿子不能及时发到编辑部，急得像热锅上的蚂蚁，东海舰队的同志见状，又临时调来一艘快艇送我到吴淞口，然后我跳上等在那里的报社汽车赶回，时间未过 12 点。稿子小样排出后，苏联舰队到了吴淞口，我又通过电话了解了当地的欢迎情况，将其补充到稿子里。待苏联舰队缓缓驶到黄浦江外滩码头，刊有欢迎舰队最新消息和现场特写的当天的《新民报・晚刊》已经在街头叫卖了。此事引起“老将”的赞赏，认为我是当记者的料。此后他多次派我参加重要采访活动，如一个人去北京采访第二届全国人民代表大会等，并在我发的稿件上标署“本报特派记者江曾培”字样。晚报有着重视培养人才的传统，代有名记者出现，最著名的为“三张一赵”（张恨水、张友鸾、张慧剑、赵超构），给我压重担、扬名声，都意在促使我快点成才。

随后，“老将”发现我有一点理论素养，喜欢写点小文章，又及时鼓励我学写时评和杂文。他说，要锤炼自己成为多面手。实在说，我当时社会阅历甚浅，文学根底又不深，写出来的东西往往概念化，不符合报纸言论的要求，更不符合杂文的要求。“老将”身教言传，亲自点拨，使我较快地进入言论和杂文之门。后来，林放因公外出时，他在一版上的专栏“未晚谈”也要我写。这是“老将”无私地扶掖后生之举，因而有人以“小林放”称呼我。我清醒地知道，我的杂文随笔水平与林放根本不在一个档次上，尽管冠以“小”字，也是难以相提并论的。1990 年，我出版了一本名为《海上乱弹》的杂散文集，在跋中，我简略地提及我写杂文的历程，其中有这样几句：“开始，我的文字多‘言论老生’式的面孔，呆滞，干瘪。晚报社长林放系杂文名家，他给了我指点，认为写杂感这类东西，应力求‘杂’而有‘文’。当时他每天写一篇杂文，思想锋利，行文活泼，‘嬉笑怒骂，皆成文章’。我总是反复研读，吸取教益，朝夕相处，耳濡目染，自己遂稍有长进。”我将此书送给“老将”时，写的题词是“林放师教正”。他回赠了他刚刚出版的《未晚谈·二编》，这是他的第三本杂文集，收的是 1985 年至 1989 年间的作品。在这以前，他出版过《世象杂谈》，收入 1954 年至 1965 年间的作品，《未晚谈》则收入“文革”结束后至 1984 年的作品。他的杂文，既可读，又耐读。当时，中国作协上海分会举办了一个杂散文学习班，要我讲一下杂文写作问题，我作为范文举例的，不少是林放的文章。林放可敬可亲的师长形象，深深印刻在我的心中。

我躺在病床上，回想到我与林放师见的最后一面是在 1991 年 8 月的一个周末晚上。那天，上海文艺出版社邀请沪上几位文化老人在树木浓密、绿草成茵的丁香花园小聚，商谈编辑《文化老人话人生》的事，到场的有许杰、施蛰存、柯灵、罗洪、朱雯、范泉、丁景唐等，时年 82 岁的林放先我而到。我一进门即趋前问候：“‘老将’，近来身体还好吗？”他说：“还好，只是两腿乏力，不能多走路了。”我一看，果然在他的身旁多了一根竹节拐杖。但他精神仍特别健朗，谈及当时杂文没有受到应有的重视，有些杂文家有“坐冷板凳”的寂寞时，他说，写杂文的人，既要不甘寂寞，又要甘于寂寞。说不甘寂寞，是看到世态人情，有感即发，破一破周围的沉寂空气；说甘于寂寞，是要有准备坐好“冷板凳”的心态，“俏也不争春，只把春来报”。他说，这就是写作杂文的应有心态。实际上，这也正是这位杂文大家的性格。他一生勤奋，用自己如椽的笔，不停地为民众的利益鼓与呼，但他对个人生活一向随遇而安，淡泊名利，以俭养德。四十多年来，他一直住在虹口一幢老式石库门房子里，条件不好，有关方面几次考虑为他调换住房，他一次次拒绝。为的是住在那里，他能与普通市民打成一片，听到老百姓的呼声。“文革”前，他上午在报社写文章，下午如果没有重要活动，他就像一个普通市民一样，“泡”到老城隍庙的茶馆里，与茶客聊天，汲取写作的养料。他对生活要求甚微，对社会贡献则甚大。他患严重的心脏病长达十多年，那些年里，他是挂着心脏起搏器坚持写作的，真可谓“手不停椽至去时”。那天谈到老年问题，他说，他已经比孔夫子多活了10岁，比曹操多活了16岁，按照佛教徒的说法，“一毛孔中万亿莲花，一弹指顷百千浩劫”，82岁也够长了，但是他还想活下去。他觉得，比起生理上的老来，失去了生活的兴趣是更可怕的。老年生活固然要淡泊一点，但对于事物过于淡泊，也就失去了生活的丰富性，有如发高烧时失去了食欲，无论吃什么东西都没有味道。只要心情健康，即使吃点咸菜泡饭也是好的。中国式的知识分子就有这么一种热爱生活的气质，“风声雨声读书声，声声入耳；家事国事天下事，事事关心"，就是这个"声声入耳"和"事事关心"，使我们的老年生活不断增添新的内容。以书为伴，以笔为耕，优哉游哉，聊以卒岁！这样的老年，不是很从容、很潇洒吗？我觉得，林放师的为人，既有老庄气，淡泊、潇洒、超脱，更有屈贾气，爱国、忧民、多才。

林放的屈贾气，除了凝聚在杂文上以外，还表现在新闻工作的其他方面。他的最初成名，是 1944 年在重庆《新民报》任主笔时，参加中外记者团到延安访问。归来后，他以巨大的勇气与精湛的文笔，在报上连载在延安的所见所闻，每天一篇，将延安的真实情况介绍出去，随后又结集为《延安一月》出版。毛泽东看后说："在重庆这个地方发表这样的文章，作者的胆识是可贵的。"周恩来称之为"中国记者写的《西行漫记》"。这本书对当时国民党统治区的读者而言，无疑是冲破新闻封锁，了解延安、了解中国共产党的一本罕见而难得的书。不久，《延安一月》即被国民党当局列为禁书。自此，林放与毛泽东成为知己朋友。1945 年 8 月毛泽东到重庆谈判，在重庆郊外十八集团军办事处单独接见了他，交谈多时，毛戏称赵超构是"宋高宗（赵构）的哥哥"。1957 年，毛泽东三次接见赵超构，既有对《新民报》的赞赏，也有对他在一篇文章中所说的"片面无忧论"的批评，勉励他办报要坚持正确的政治方向，"软中有硬"，好好工作。1957 年 4 月的一天上午，上海市委通知新民晚报社，毛主席在上海，要到报社约见赵超构。其时，赵超构恰巧到市郊新泾乡去了，由于当时缺乏通信条件，通知未及，这次约见被取消了。当时报社的工作人员都十分遗憾，为失去一次可以亲眼见到毛主席的大好机会而遗憾。

林放对新闻工作规律的精湛了解，使他所领导的《新民晚报》成为中国当代最受欢迎的报纸之一。20 世纪 50 年代中期，我在晚报时，他提出的“广些，再广些；短些，再短些；软些，再软些”的口号影响巨大。80 年代初晚报复刊时，他提出了“飞入寻常百姓家”的口号，进一步推进了晚报与广大读者的联系。这些切合晚报特点又切中时弊的见解，丰富和发展了社会主义新闻学。

1992 年 2 月 13 日晚，我在医院里为《中外论坛》写下了《春愁黯黯悼赵师》一文，如今二十多年过去了，赵师为文为人的精神一直活在我的心中，我永远感恩他。

2019 年 12 月

罗竹风：杂文界的一杆旗

罗竹风同志于20世纪50年代任上海市出版局局长时，我已经知道他的名字，但只是泛泛地了解。直到1962年5月6日，他以“骆漠”的笔名在《文汇报》发表了一篇题为《杂家》的杂文，并引发了“杂家事件”后，他的名字才深深印入我的脑海之中。当时，我在《新民晚报》工作，也喜欢写点杂文，“笔会”“朝花”“夜光杯”上的杂文，几乎是每篇都读。那天，我读了《杂家》，不仅眼前为之一亮，而且心头为之一热。因为，此文是为我们当编辑的说话的。它把编辑称为“杂家”，声称社会无论如何也缺少不得这一“家”，呼吁领导们多多关心编辑的处境，帮助解决一些可能解决的问题。这种“为民请命”的文章，在当时是很少的。何况，作者本身就是一位领导，却能如此体贴下情，与群众同呼吸、共脉搏，一下子使我的心与这位局长的心贴近了。同时，此文文采斐然，寓议论于生动的形象之中，也使我心折不已。

谁知此文发表后，即遭到姚文元的批判。随后，作者就被“打入另册”，基本上离开了局长的领导岗位。“文革”开始后，罗老作为上海市出版系统的头号“走资派”，更是一再被批斗。

粉碎“四人帮”以后，我调到上海文艺出版社工作，因组织编辑《上海杂文选》一事，到位于衡山路的罗老家里拜访他，这才第一次见面。罗老听我自报家门后就说:“知道,知道。”他还提到我写过的一些文章。我想,这不是一般的“以文会友”,而是表明罗老一直关心着上海的杂文创作与杂文作者的情况。因此,当我们提出党的十一届三中全会以来,全国各条战线都在拨乱反正,杂文也开始复兴,上海文艺出版社有意促进杂文事业的发展,编选一本杂文选的设想后,罗老当即表示赞同,并欣然同意担任主编,而且当即与我们一起商定了《上海杂文选》的选文范围:一是上海作者的杂文,二是外地作者在上海报刊上发表的作品。选文的时间范围为 1979 年 1 月至 1983 年 12 月。罗老说,这是第一本杂文选,以后可以隔几年出一本,成为一个系列,让它如杂文的“年轮”,反映时代发展变化的面貌。遵照罗老的意见,不久后我们特意假市政协会议室召开了一个杂文家座谈会,就编选问题听取意见。罗老在会上说:“杂文是一面镜子,折射着社会的潮流与人心的向背。编辑出版杂文选,不仅可以留下杂文的足迹,更可从中‘观世风而知世态’,希望大家共同来做好这一工作。”林放、冯英子、蒋文杰、郑拾风、楚云风等同志都表示积极支持。这样,编选工作就得以顺利开展起来。书编就后,罗老又特意为其作序,呼吁社会重视杂文。

呼吁重视杂文,并非无的放矢。杂文虽是一种重要的文学形式,但在文学的殿堂里,常常没有它的席位。写了几首诗或几篇小说的初出茅庐者可以加入作家协会,而一些卓越有成就的杂文作者却被拒于作协大门之外。为此,罗老曾于 1986 年在市作协召开的一次会议上大声疾呼。他说:“鲁迅是现代杂文奠基人,从 20

年代开始，杂文就成为新文艺的一个方面军。就其现代性和战斗性而言，在反对‘三座大山’的历史任务中，恐怕是其他任何文艺体裁所不能比拟的，应当评为一等功。中华人民共和国成立后，杂文在歌颂光明、鞭笞黑暗方面，继续发挥了它的‘投枪、匕首式’的作用。杂文是‘杂’而有‘文’的，写杂文也是一种创作，一种专长。写杂文的，不一定能写好诗歌与小说，小说、诗歌作者也不一定能写好杂文，十八般武器，各有各的长处，各有各的短处，我们不宜重此轻彼。”罗老嗓门大，讲时又颇带激情，他的话以一种强烈的震撼力，赢得了与会者的掌声。此后上海市作家协会陆续发展了一些杂文作者入会，并建立了散文杂文组，对一些杂文家的作品，也开始开会研讨，杂文逐渐受到了重视。

为了更好地继承鲁迅的杂文传统，壮大杂文作者队伍，发展杂文事业，罗老又提出需要建立一个学会，把推动杂文事业繁荣的任务承担起来。1987 年，经过多方酝酿，上海市杂文学会成立，罗老被公推为会长，我忝列副会长之一。在第一次理事会上，罗老提出了学会的几项工作，其中一项，就是继续编好《上海杂文选》。他要求分别在解放日报社、新民晚报社副刊部工作的学会副秘书长许锦根、曹正文两位同志，要配合上海文艺出版社做好选编工作。他还向担任责任编辑的学会理事王聿祥同志交代，作者的入选，面要广一些，如果篇幅有限，宁可少选几篇老作者的作品，也要将篇幅让给新人。遵照这一意见，第二本《上海杂文选》(1984—1986) 的作者数量明显增多，出现了一些新人，如杜卫东、劳有林等。罗老在序中高兴地说：“这本集子共选了 80 位作者的289篇杂文，全书共391页，可以说有点成‘气候’了。这一方面说明杂文具有顽强的生命力，因为滋生它的土壤仍然厚实；另外也证明杂文作者还有面对现实、干预生活的激情。”

新时期的杂文在发展，日益显示出它的力量。然而，世事纷繁，什么看法都有，也仍有人轻视这种所谓“豆腐干”文章，甚至认为花力气连续地编《上海杂文选》，“等于浪费纸张”。得知此事后，罗老立即给上海文艺出版社鼓劲，说不要受这种风言风语的影响，要坚持走自己的路，并且强调，杂文有针砭时弊的功能，它能如实反映特定时期的社会面貌，可以观民风、察利弊，引人警觉与振奋，这样的社会责任，我们只能坚持，不能放弃。而每隔三年，在众多杂文中遴选优秀篇章成册，将有助于读者加深对社会的了解，从而更好地发挥抑恶扬善的作用。所以我们要以“咬定青山不放松”的精神，把《上海杂文选》编下去。正是在罗老的支持和鼓励下，《上海杂文选》又不间断地续编了第三本（1987—1989）、第四本（1990—1992）、第五本（1993—1995）。着手编选第五本时，罗老已因病住进华东医院，但他依然以极大的热情，在与病痛顽强苦斗的情况下，坚持通读了全书的校样，又一次为《上海杂文选》写了序言。他在文中高兴地说：“在加强精神文明建设的形势下，揭露丑恶现象、鞭笞反动观念、批判错误缺点的杂文，将在‘激浊扬清’的精神文明建设中起到不可替代、不能或缺的‘激浊’作用。《上海杂文选》从1986年出版第一本以来，作者队伍逐年扩大，作品质量不断提高，影响越来越明显，就是一个很好的例证。”有一次，我们去医院看望他，谈到《上海杂文选》的问题，他说上海文艺出版社宁肯赔钱也不改初衷，坚持培育这朵带刺的蔷薇，为繁荣杂文创作尽力，是值得感谢的。我说："应该感谢罗老，是您一再为杂文鼓与呼，直接组织推动了上海的杂文创作与杂文出版，您是上海杂文界的一杆旗。"他连连说："不敢当，不敢当。"

罗老的谦逊，并不能改变他作为当代杂文界重要代表人物的地位。1996 年年初，我们策划《中国新文学大系》第四辑（1949—1976）的编选时，对杂文卷的主编人选曾思考再三，照理我们不应该再去打扰病中的罗老，但其时除了罗老，又有谁能担当此任呢？我们怀着矛盾的心情到医院与罗老商量，罗老出于对杂文事业一贯的热情和支持，未加推托，一口答应。只是罗老觉得他已无力再做大量的材料遴选工作，需要配一位副主编。此后他在病房里，曾多次与副主编武振平、责任编辑张安庆一起推敲选目，并对全书的编辑工作提出了不少指导性意见，直到他的病情转危为止。在罗老的身上，深切地体现了"鞠躬尽瘁，死而后已""春蚕到死丝方尽"的精神。

罗竹风同志是一位"多面手"，不说他的各种"官"职，单就"家"来说，已经十分了不起——他是语言学家、宗教学家、出版家、辞书编纂家、杂文家，等等。我所写的，仅是他作为杂文家的吉光片羽，但就是这一点，也足以反映他高尚的人品与文品，值得我们永久学习与怀念。

2019 年 11 月

荒煤、徐迟与《中国新文学大系》

被称为“出版界的一项世纪工程”的《中国新文学大系》，自第一辑（1917—1927）于20世纪30年代编纂出版以来，经过文学界、出版界几代人的努力，相继出版了第二辑（1927—1937）和第三辑（1937—1949），三辑共五十卷，三千万字。时限都属于中华人民共和国成立之前，为20世纪上半叶。1995年年初，《大系》1949年之后部分的编选工作也开始启动，计划将20世纪下半叶的作品分为第四辑（1949—1976）和第五辑（1976—2000）出版，两辑也为五十卷。届时，中国20世纪新文学的精华，将荟萃于这一百卷的皇皇巨册之中。

《大系》的分卷主编，第一辑有鲁迅、茅盾、胡适、郁达夫，第二辑有周扬、巴金、夏衍、艾青，第三辑有王瑶、柯灵、臧克家、沙汀等，他们都既是文坛的卓然大家，又是一个时期文学运动的直接参与者和组织者。第四辑仍沿用此制，由冯牧、王蒙、袁鹰、邹荻帆、谢冕、吴祖光、罗竹风、徐迟、荒煤分别主持编选理论、小说、散文、诗歌、戏剧、杂文、报告文学、电影等卷。到1996年年底，大部分卷册已经定稿，由各分卷主编撰写的序言也大部分写就。《小说界》杂志于1996年第6期起，特辟“《中国新文学大系（1949—1976）》序跋选”专栏，陆续予以发表。当我们为这个专栏写“编者按”时，笔端注满了悲哀。因为，所列分卷主编的名单中，冯牧与邹荻帆的名字被加了黑框，他们书未成，人已先走。当这期《小说界》印行问世时，又有荒煤、徐迟、罗竹风三位主编逝世。这就更增加了我们的悲伤。在书的编纂过程中，这么多分卷主编驾鹤西去，这是前几辑所未有的。它表明这一辑起步晚了些，要求我们继承与发扬主编们的认真负责精神，加紧做，赶快做，使《大系》的第四辑尽早地问世。

我想起荒煤同志。1995 年 6 月，《大系》第四辑分卷主编会议在北京举行。当时，他卧病在家，医嘱不宜外出，但他对这个会还是很关心。会前，我与电影卷责任编辑项纯丹同志去看望他。他住在复兴门外大街的“部长楼”里，居室陈设十分简单。在表示慰问以后，我们向他简要地汇报了《大系》的编纂计划。他热情地说：“《大系》是一套大书，它的价值不可限量，应该认真把它编好。”他为自己不能出席会议而抱歉，但表示一定尽力把电影卷编好。我们注意到，在他的书桌上，有几张电影选目的稿纸，他已进入“角色”，带病在斟酌推敲了。荒煤于中华人民共和国成立后，长期在电影岗位上做领导工作，他对这一时期电影发展的曲折复杂历史，可以说是烂熟于心。然而他说，《大系》是反映新文学整体面貌的一个选本，如何以一定的篇幅选准作品，既不漏掉代表这一时期文学主流的优秀之作，又兼顾不同的风格流派，是要费一些思量的。他说，他因病谢绝外面一切活动，正好在家里作些冷静的思索。我们对他的支持表示感谢，祝他早日恢复健康。

此后，他和副主编罗艺军同志一起，拟出了电影卷的初选选目，并写了一万多字的序文。选目与序文都是用心之作，我们觉得不错，只对很少几处提了一点意见，供他们进一步斟酌参考。由于荒煤同志已住院治病，为减少对他的干扰，我们的信寄给了罗艺军同志。不久，意外地接到荒煤 11 月 10 日的亲笔复信。信的开头说："艺军同志将来信转我。我因病住院，昨日还发了心绞痛。今日一早，我把序稿又仔细读了两遍。"随后，对我们提出的几点商榷意见一一说了他的看法。有的，他表示同意，比如，《青春之歌》是一部优秀的电影，本列入选目，但由于长篇小说原著已列入小说卷，荒煤同志认为，"只好从大局整体考虑，同意删去"；有的，他则认为"不宜改动"，比如，"对我那段文字，拔白旗文章事，请不要删去"。

这是怎么一回事呢？荒煤与艺军同志在他们一万多字的长序中，对 1949 年至 1976 年的中国电影艺术的发展作了精辟的论述。他们指出："在短短的二十七年中，多次大幅度的起伏，周期短则一两年，长则十年，这在中外电影艺术史上都极为罕见。"对这种"大起大落"，序文历史地、深刻地分析了原因。在谈到 1957 年反"右派"斗争与 1958 年的"拔白旗"运动对电影事业的摧残时，有这样一段文字："1958 年 12 月，陈荒煤在《人民日报》发表了《坚决拔掉银幕上的白旗——1957 年电影艺术片中错误思想的批判》，错误地批判了许多影片是背叛了工农兵的方向，'公然摇着白旗向党进攻，反对党的领导'，还检查了自己在贯彻双百方针中的‘右倾思想’。”我们觉得，他当时写这样的文章有着客观环境的因素，在《大系》的序中就不必再提了。他不以为然，在回信中说：“我当时写那文章，当然有时代因素，但终究在当时扩大了左倾错误的影响。我又是文集的主编，这点错误都不承担，不提一下，不自我批评一下，是不好的。”

这使我们很感动，既为在心绞痛刚刚过后“把序稿又仔细读了两遍”的那种认真负责精神，又为不虚饰、不掩过的那种实事求是、光明磊落的精神。我记得，荒煤同志的这种精神是一以贯之的。1979 年年初，粉碎“四人帮”不久，荒煤将他的文艺评论集《解放集》交上海文艺出版社出版，他在书的前言中写了这样一段话：“由于马列主义水平不高，对实际工作中存在的问题不可能了解得很深透，某些文章的观点难免有点片面性和教条主义的弊病，甚至还写过如批判《电影的锣鼓》和题为《坚决拔掉银幕上的白旗》等这一类错误的文章。”当时，荒煤同志被严重迫害多年，刚获解放不久，按那时的风气，多是控诉林彪、“四人帮”，多是唱“自我对”，这自然也是必要的、可以理解的，荒煤却由此进而觉得自身也有不足，保持一种明净而睿智的心态，反映出一位革命文艺家的高尚情怀。

1996 年 5 月，我们请各分卷主编为《大系》题词，荒煤同志很快从医院中寄来一页文字，却非应景文章，而是传达着他对提高电影文学地位的热切希望。他说：“夏衍有句名言，‘剧本剧本，一剧之本’。可惜至今还有许多同志仍然缺乏深刻的认识和理解。尤其是建国以来的电影生产的兴衰，陷于种种困境，走向弯路，无不与电影创作有关。”“《中国新文学大系》容纳电影文学作品，是国际出版所罕见的创举。”“我衷心祝贺这个伟大世界的出版工程一定如期完成。中国新文学一定要为新世纪开拓一个新境界。”题词是竖写的。他在附信中说：“旧习难改，我很少横着签名。”同时告诉我们，他“现在又得新病，淋巴腺肿大，已动手术，进行了四个化疗疗程”。我们遥望北国，衷心祝愿他早日康复。哪知他终于未看到他倾注了大量心血的《大系》第四辑问世，就被病魔夺走生命，令吾侪泪湿衫襟。

徐迟同志也未出席 1995 年 6 月在北京召开的分卷主编会议。他并不是因为身体不好，相反，他在 5 月 13 日给我们的信中说：“近来情绪甚佳，思路活络，自我感觉良好。”不久前曾去看了三峡工程，回武汉稍作休息，拟经上海去浙江南浔。南浔是他的故乡，他的长篇《江南小镇》写的就是南浔。6 月 10 日是南浔中学建校七十周年纪念日，徐迟是该校第一届毕业生，后来又在那里教过书，当过教导主任，他要去参加它的纪念活动。6 月初，徐迟在大女儿徐律的陪同下按期抵沪。我们遵照他的意思，安排他住在仙霞路的月季皇后大酒家。这里离他的外甥家较近，来往比较方便。月季皇后大酒家由作家魏志远经营，以四川菜闻名。那天的欢迎宴席上，他虽然吃得不多，但颇觉滋味，连称菜肴有特色。

在上海几天，他与《大系》报告文学卷副主编施燕平以及责任编委左泥、责任编辑赵南荣同志具体商谈了编选问题，因而就没有再去北京赴会，而是去了南浔。原准备在南浔住一些时间，好好思考一下序怎么写，但看他的人太多，使他无法安下心来，加之时值江南黄梅季节，他也不大习惯，遂提前返回武汉，投入工作。7月7日，他来信说：“我已从过去武汉出版的《中国报告文学丛刊》第三辑六册中，找到了1949年以后的好些作品，开始阅读和考虑作序。以后每半个月给你们一信。”果然，此后一直到1996年报告文学卷定稿时，差不多每半个月都能接到他一封信，说明他的进度与意见。我们深为这位八十多岁老作家的执着与认真精神所感动。

报告文学是一种开创性的文学体裁，徐迟无疑是这方面的一面旗帜。然而在编选过程中，他对自己作品的入选要求甚严。他几次写信给左泥、施燕平，说限于篇幅，对他的作品要少选些，有《祁连山下》与《火中的凤凰·凤翔》即可。他说：“名称上既被定为主编，作品应当略为减少点。”但对他人的优秀作品，包括《谁是最可爱的人》这样的在文体上有争议的作品，他都力主收入。他说，魏巍的这篇作品本是一篇散文，发表后在全国人民中引起了强烈共鸣，被看作一篇著名的报告文学作品，因此要选入报告文学卷。鉴于散文卷也准备选入此篇，他特意与散文卷主编袁鹰进行了磋商，最后得到同意，遂了他的心愿。由此，他提出一个论点，即如同科学中有“边缘科学”一样，文学中也有类似的“边缘文学”，《谁是最可爱的人》即是一例。

徐迟为写好序，更是用足了气力。他重读了芦焚、刘白羽分别为《大系》第二、第三辑报告文学卷所写的序，他认为，这是两篇充满激情的序，他要接好这一棒，努力写出一篇同样有激情的序。1995 年 9 月，他在去香港访问之前，特意将初稿赶出，要求我们复印几份，请有关同志提提意见，以便他回来后“再写个二稿”。我们看了文稿，觉得它是一篇充满激情同时又充满理性的序，虽然有个别地方需要修饰一下，但无关紧要。11 月初的一天晚上，他从武汉打电话给我，要听取我们对序的意见。我说这是一篇很好的序，不需要再作什么大的修改。他还以为我是客气，在随后给左泥的信中说：“大概是电话里说不清楚，所以江曾培没有说。”实际自然不是这样。此后天气转冷，徐迟发病住院，但他还是抓紧时间对序文作了修饰润色。他来信说：“序文最后定稿一事，只好委托你们代为处理，此事我做得很不够，请求谅解。”人们常说，伟大与谦逊是连在一起的，徐迟印证了这一点。

报告文学卷发稿后，我们与徐迟的联系减少。他的身体时好时坏，我们曾去信慰问。1996 年 11 月，他与作家汪洋商定，准备到海南岛附近的一个油田避寒。我原憧憬在全国作协第五次代表大会上与他相见，孰知就在 12 月 14 日去京赴会的途中，得知他弃世而去。我惊呆了，一时难以相信这位充满热情与向往的老人，会以那种方式舍弃他热爱的人生与热爱的文学。我们只有努力把他呕心沥血编就的《大系》报告文学卷出版好，以告慰他在天之灵。

《大系》杂文卷主编罗竹风同志则已卧病两三年。1995 年 6 月的分卷主编会议，他自然未能参加。不过，我们去华东医院探望他的时候，多次和他商谈了杂文卷的编选问题。他在病榻上，以精当的选家眼光与史家态度，与副主编武振平、责任编辑张安庆同志一起一再推敲选目。最后一次探望他时，他的神志已有点不清，但仍对选目明确地提出了一条意见。在罗老身上，我们深切地体会到“鞠躬尽瘁，死而后已”和“春蚕到死丝方尽”的精神。

现在，面对他们的遗稿遗墨，回想他们的音容笑貌，总是既感伤又感动。正是:《大系》未成身先逝，高风亮节长相思。

1996 年 12 月

汪道涵：读书就是生活

汪道涵同志逝世五周年之际，上海出版了《无限的思念——汪道涵纪念影像》一书。在2010年12月24日于上海图书馆举行的出版座谈会上，与会者的发言都谈到汪老的儒雅睿智、涵养深厚、博古通今、学贯中西，他是一位卓有贡献的革命家，也是一位学富五车的学问家。与汪老接触过的人，莫不为他儒雅俊逸的学者风度所折服。他嗜书如命，每天再忙也要读一些书，可谓“苦学力文，不遑寝息”。他的阅读范围很广，政治、经济、历史、文学、艺术、科技、教育等，古今中外，无所不包。他家里到处是书，住进医院也离不开书。“文革”时他被下放，许多书不让读，他就把十六本《辞海（试行本）》装入行囊，有空就读《辞海》条目。虽然比较枯燥，也从中学到许多知识，没有让时间白白浪费。“读书就是生活”，对汪老来说，真可谓“一日不可无此君”。他留下的大量图书，现在成为上海市现代管理研究中心的重要收藏。

因为爱读书，“出门逛书店”成了他最大的嗜好。上海的一些书店里常常出现汪老的身影，新华书店的学术书店更是他常去的地方。他像一般读者那样东看看，西翻翻，见到有兴趣的就掏钱买下。生病住在瑞金医院时，若身体条件许可，他会跑到附近的绍兴路，到上海人民出版社和上海文艺出版社的书吧里去淘书。有时，他也会请一些编辑陪他逛书店，顺便了解一下图书出版情况。我们上海文艺出版社的徐如麒同志，由此和汪老结下深厚友谊。汪老常去书店，以至于他对一些书店的图书陈列位置都很熟悉。有一次，一位读者在书店里转来转去，找不到他要买的书，汪老主动告诉他那本书陈列在哪个书架，果然，书找到了。嗜好“逛书店”，是钟情于在知识的海洋中游泳。“淘书乐”，历来是书迷的一大乐事。可惜，如今多的是歌迷、舞迷、球迷、影迷、网迷，此中快乐日益被忽视和轻视了。然而，书是“人类进步的阶梯”，只要认识到“人生唯有读书好”，就能体味到淘书之乐乐无穷了。

汪老酷爱读书，对图书出版工作十分关心。在他的支持下，上海于 20 世纪八九十年代成立了上海翻译公司，筹备上海三联书店，组建东方编译所，出版“东方编译所译丛”，积极引进国外先进的文化成果。1998 年，他为上海辞书出版社成立四十周年题词“知识如海，学问无涯”。这既体现了他的人生感悟，也表达了他对出版工作的希望，那就是要追求无边无际的知识，推动社会不断前行，人类不断进步。1987 年 6 月，上海文艺出版社举行建社三十五周年庆祝活动，他拨冗前来参加庆祝大会，为我社老职工颁发荣誉证书。会前，我向他汇报出版社的情况，他听我的口音，说：“你是安徽人吧？”我说是安徽全椒，他说：“那我们是老乡。”汪老的籍贯是安徽明光，全椒与明光是近邻，同属滁州市。随后他说，出版工作很重要，要精心出好每一本书，要注重创新，要给人以新的知识、新的启迪，文艺作品要力求真善美的统一。汪老学识渊博，谙熟出版规律和文艺创作规律，听他谈话，有“与君一夕话，胜读十年书”之感。

汪老勤于学习，又善于结合实践进行思考，因而在工作谋划中常能高瞻远瞩，先人一步。出版座谈会上的发言者谈到，对于上海申办世博会、开发开放浦东以及长江三角洲一体化发展等重大战略举措，汪老都曾率先提出自己的思索。大家说得好，汪老兼具学者风度和务实性格，是一个理论素养和实践经验兼备的专家型领导干部。《无限的思念——汪道涵纪念影像》形象地展现了他绚丽夺目的光辉人生，酷爱读书、视书如命则是其中一抹靓丽的光彩。让我们学习汪老，让社会多多飘洒书香，多多涌现书痴书迷，使社会的精神文化水平不断得到提升。

2010 年 12 月

徐中玉：仁者寿

徐中玉先生长期从事高等教育，被誉为“大学语文之父”。“大学语文”是门公共课，是各类非中文专业本科一年级学生的必修课，然而，从20世纪50年代开始被中断近三十年。1980年，凭借改革开放的东风，徐中玉先生与时任南京大学校长的匡亚明等联合发起倡议，在高校中重新开设“大学语文”课程，并组织力量主编《大学语文》教材，既从语文工具性角度考虑，旨在进一步提高大学生的语言文字运用能力，也从语文的人文性角度考虑，着眼于丰富学生的精神世界，陶冶情操，净化心灵。《大学语文》受到广泛的好评，为高校普遍采用。而中玉先生并没有毕其功于一役，而是与时俱进，过三五年便修订一次，先后推出十一个修订版，以求精益求精，总印数达三千万册，在语文教学中发挥了巨大的作用。徐先生在教学上极富创造性，不拘一格降人才，桃李满天下。1978年至1984年，在他担任华东师范大学中文系主任期间，“书生意气”，大胆创新，宣布在创作上取得成绩的学生可用文学作品代替毕业论文，系里出现了富有活力的新气象，由此催生了著名的“华东师大作家群”，他的学生陈伯海、赵丽宏、孙颙、南帆、王晓明、王小鹰、陈丹燕、毛时安、许子东等人，后来都成为文坛名人。

徐中玉不仅是一位卓越的教育家，同时，他一生笔耕不断，著作等身，也是一位著名的作家、文艺理论家。20世纪八九十年代，他担任上海市作家协会主席，我因上海文艺出版社的工作，开始与他有较多的交往。比较重要的一件事，是举行“上海长中篇小说优秀作品奖”评选。当时，为了促进长中篇小说质量的提高，充分发挥上海作为全国文化传播交流中心的作用，经上海市委宣传部同意，决定设立“上海长中篇小说优秀作品奖”，以高规格、高水平、高奖励，把全国最优秀的作品吸引到上海这个“码头”上来亮相。大赛由上海市作协、上海文艺出版社和上海文化发展基金会共同主办，办事机构设在上海文艺出版社。领导小组由市委宣传部和三个主办单位负责人组成，评委会由上海著名评论家钱谷融、蒋孔阳、潘旭澜、李子云、张德林、余秋雨、陈思和、褚水敖等组成，徐中玉任主任，徐俊西和我任副主任。大赛每两年举行一次，上海作家的作品以及在上海报刊、出版社发表的任何地区作家的作品都可参评。要求精选精评，每届长篇奖不超过五部，中篇奖不超过十部。长篇一等奖奖金20000元，二等奖10000元，三等奖5000元；中篇一等奖10000元，二等奖5000元，三等奖3000元。奖金由上海文化发展基金会提供。

当时的文学奖项并没有后来那么多，奖金的金额又是“拔尖”的，因此消息公布后，引来各方的关注。有一天遇到徐先生，他说社会对举办大赛的反响不错，问题是要促使作家努力拿出好作品来，看来还要有针对性地对作家做点工作。我以为然。1990年11月下旬，上海文艺出版社特意召开了“淀山湖笔会”，围绕提高长篇小说创作质量问题举行座谈，邀请全国十二个省市的二十五位知名作家参加，其中有王蒙、王安忆、邓刚、叶文玲、冯苓植、陆文夫、李国文、高晓声、陈世旭、鲁彦周、谭谈、彭荆风等。我们在会上介绍了设立“上海长中篇小说优秀作品奖”的目的，就在于促进长中篇小说质量的提高，与会者都表示要努力在创作上更上一层楼。

1992 年春，首届评选工作展开，作为主任的徐中玉要求初评与终评两级评委都要认真阅读有关作品。他说，不读作品就没有发言权，更没有投票权，做评委的不能“打印象分”，那是不负责任的表现。他以身作则，说到做到，凡初评委报上的入围作品，他都看了，被初评委淘汰掉的作品，他也挤时间翻了一些，以免有“遗珠之憾”。终评委对入选的作品，虽然大多看法比较一致，但也有些不同意见。徐先生作为会议主持人，鼓励大家畅所欲言。在心平气和的探讨中，评委们或听取别人的意见，校正自己的看法，或坚持自己的看法，尽力去影响别人。最后，能统一就统一，不能统一则由投票来决定。为接受读者的监督，徐先生和全体评委决定，在《小说界》上公布对获奖作品的讨论记录，接受读者检验。讨论记录如实地展现了每位评委的看法和意见，作家们盛赞这是认真、民主、公正、公开的评选。我感到，“认真、民主、公正、公开”，正是徐先生为人处世的作风。

此后还进行了第二、三、四届的评选，都是由徐先生主持评选的。每次评选，评委们都要集中在一起住两天，因而我与他逐渐熟悉起来，交谈也随意得多。他学富五车，满腹经纶，但他不是两耳不闻窗外事的学究，而是十分关注现实，心怀天下。他每天要看十多份报纸，国内国际、政治军事、经济文化，他都会浏览。他与巴金老人一样，主张“说真话”，用他的话表达，就是为人为学要“发真的声音，说真心的话”。他对我写的杂文随笔多有鼓励。1996 年，我的随笔集《心路小识》由复旦大学出版社出版，他热情为此书作序，指出我所写的，正是我在实际工作中经常注视的现实，“发议论却没有套话，有亲近感却不搞花俏。老老实实，实实在在，对人有益，于事有补。他有原则，也较灵活，务求实效”。这个评价标准，也正是他所崇奉的求真求实、实事求是的人生观。2008 年 6 月，东方网、上海远东出版社联合举办“江曾培网络评论作品研讨会”，与会者有邓伟志、丁法章、吴兴人、赵丽宏、郝铭鉴等，徐中玉先生也来了。其时他已 93 岁高龄，我十分感动，连连向他致谢，他说自己身体还行，乐于出来走走，会会老朋友。他在会上说：“江曾培的时评没有套话，切中时弊，我很佩服。”这固然是他对我的鼓励之辞，但也表现了他心系现实、关心民瘼、崇尚“文章合为时而著”的现实主义文学观。

2010 年春，我到徐先生府上问安。他住华师大二村，小区绿树成荫，环境幽静，多层楼房成排矗立。走进楼房，却发现过道狭窄，没有电梯，陈设老旧，看来建造已有些年头了。先生住三楼，一套居室内除厨、卫外，大约有三四间房，面积都不大。家具普通实用，没见什么豪华设备。给人最突出的印象是，处处都放着书，特别是书房里的空间几乎都被书占据，桌面上还放着近期的多种报章杂志。据说，他的藏书多达五万册。

先生的藏书是学以致用的，而不是用来做样子的。他勤读苦读，并以做学术卡片而在学界闻名。他对一千多种著作做过读书笔记，积累下数万张卡片，手写超过两千万字，留下了大量真知灼见。有后辈学者称，读这些卡片，“所感受到的是前辈知识分子‘发愤忘食，乐以忘忧，不知老之将至’的风范”。

那天，我与徐先生闲聊，就是从“老”聊起。我说，先生已过耄耋之年，身体和思维都状态良好，与好读书有关系吧。他说，培根说过，“读书足以怡情，足以傅彩，足以长才”，读书确实还可以让人忘老，因为在书海中遨游，可以愉悦精神，丢掉烦恼与不快，利于养生。我说，先生也很注意健身，您的散步是有名的。他说，是的，多年以来，每天早晨都要到附近的长风公园散步，几乎雷打不动。这对他的身体确实有好处。还有，他的饮食比较清淡，也比较有节制。告别徐先生后，我想，先生也是一生淡泊，不谋名利，曾因言获罪，被错误地“打入另册”，但他从容淡定，宠辱不惊，甘坐冷板凳，也不妄言，清清白白做人，认认真真做事，具有高尚的德性。“仁者寿”，徐先生必然会走到期颐之年。

徐先生于 2019 年 6 月 25 日逝世，享年 105 岁，这样的高寿在当今还是比较少的。在逝世前几年，他捐出毕生积累的五万册藏书和数万张学术卡片，并从他日积月累的稿酬和奖金中捐出 100 万元设立“中玉教育基金”，以激励后学。古人云，“大德必得其寿”，先生是也。

2020 年 1 月

赵丹：地狱天堂索艺珠

赵丹去世了。这位人民艺术家，在他面对着死神的严重威胁时，仍然执拗地追求着艺术。他勤奋地绘画写字，以至于病房的墙上都挂满了他的新作。当他病情加重，由上海转往北京诊治时，也不忘带着宣纸和画具。他把自己对生活、对人民的一腔热情，全都倾注在水墨丹青之中。赵丹虽然有着多方面的艺术才能，但他毕竟首先是一个电影演员。他念念不忘的，是要尽快地重上银幕。由于江青一伙的迫害，他已经白白失去了十余年的艺术生命。粉碎“四人帮”以后，他多么想把失去的时间夺回来，再为人民多演几部电影啊！他想在银幕上塑造周恩来同志的艺术形象，未能如愿；他想塑造李白、闻一多的艺术形象，也未能实现；他在心中酝酿了二十年之久的鲁迅形象，也没有得到塑造的机会。为此他内心十分痛苦。在他生命垂危时，他向医生、朋友和家属讲的仍然是：“我别无所求，只是想再拍几部电影。”艺术就是他的生命。对他说来，追求生命是为了追求艺术，而追求艺术也正是追求生命。

为了艺术，赵丹是不怕磨难的。“大起大落有奇福，两度囹圄鬓尚乌。酸甜苦辣极变化，地狱天堂索艺珠。”这首诗见于他的遗著《地狱之门》。《地狱之门》，是他一生表演艺术经验的总结，而这首诗，正是这位著名表演艺术家精神风貌的生动写照。记得今年春夏之交，在发排这部书稿时，由于工作关系，我曾去拜访他。开始，他对书名有过一番斟酌，最后他坚定地取了“地狱之门”这四个字。他说，马克思说过：“在科学的入口处，正像在地狱的入口处一样，必须提出这样的要求：‘这里必须根绝一切犹豫，这里任何怯懦都无济于事。’”其实，在艺术的入口处，又何尝不是这样呢？我认为赵丹身上正闪烁着这种毫不犹豫的大无畏精神。这不仅因为他在向艺术王国寻珍觅宝的道路上历尽了艰辛，而且因为途中还遇到过盛世才、江青这伙“牛头马面”，让他有了长达十余年的牢狱之灾。面对这一切，他既未“犹豫”，又未“怯懦”，总是挺着腰杆，勇敢地前进。在他身上，闪烁着哥白尼、布鲁诺、贝多芬、车尔尼雪夫斯基这些大师们不怕迫害、不怕困难、不屈不挠，勇于为自己从事的事业而献身的精神。这，正是一切伟大科学家、艺术家最可宝贵的精神脊梁。

为了艺术，赵丹又是不辞辛劳的。他像一团火，充满着活力。法国科学幻想小说家儒勒·凡尔纳每天都工作十五个小时以上，一生写了七八百万字的作品。他说：“没有写作，我就感觉不出生命。”赵丹也是这样，没有艺术创造的欢欣，也就没有生命的乐趣。因此，当江青一伙剥夺了他艺术创造的权利，对他来说简直比死还难受。粉碎“四人帮”以后，他到处诉说自己要重上银幕的要求。可是，希望一次次落空。他闲不住。前年，他带着画笔到了柳州，经常彻底不眠，创作了大量的画。去年，他又到了北京，担任了话剧《鉴真东渡》的艺术顾问，常常工作到深夜或凌晨。今年，在上海赶写《地狱之门》，他完全放弃了休息日，躲到人们找不到的地方奋笔疾书。他不知疲倦地工作着，直到他沉疴不起的时候，还在连连呐喊："我是一个演员！我是一个演员！"还在想着如何进一步繁荣社会主义的文艺事业，如何才能造就新一代的鲁迅式的文艺家。他的全身心都沉浸在能给人民带来"美、真和幸福"的艺术之中了。如果说画家塞尚只有在死后，才能从他手中拿去画笔，那么，表演艺术家赵丹也只有在死后，才能平息他那催人泪下的呐喊。这种"春蚕到死丝方尽"的精神，正是一切伟大艺术家进入艺术之宫的必要条件。

为了艺术，赵丹不是浅尝辄止的。他早已是影坛巨星，可是他却从不满足于已有的成就。他说，艺无止境，要"不断探索艺术的真谛"。他毕生为建立"中华民族的表演艺术体系"而不懈奋斗，在实践和理论上都作出了杰出的贡献。当《地狱之门》的书稿付印后，赵丹曾表示要再写一本关于我国表演艺术体系的著作。可惜，壮志未酬身先死，这是令人十分惋惜的。赵丹在艺术生涯中，绝不蹈故袭常，敢于蔑视陈规陋习，始终洋溢着大胆探索和革新创造的精神。这，也正是一切伟大艺术家永葆青春的精神源泉。

赵丹给我们留下的，不仅是一个艺术家从事艺术实践的宝贵经验，更是一个艺术家执拗地追求艺术的伟大精神。我们需要发扬它！

1980年11月

1990年11月，与王蒙在周庄

1991年5月，与许杰（左）、赵超构（中）在一起

1992年春节，向巴金拜年

1992年5月，与王元化在座谈会上

1994年4月，与柯灵在泰州梅兰芳纪念馆

1995年6月，与黄宗英（右）、秦怡（中）在大风车茶社

1997年，聆听汪道涵对出版工作的意见

1998年11月，在金庸的办公室与金庸交谈

范泉与《文化老人话人生》

范泉是一位卓越的编辑家。他在读高中、大学时，就参与校刊编辑工作，毕业后投身出版事业，曾在《作品》《文艺》《文汇报》《星岛日报》等多家报刊任职，其中最具影响的是主编《文艺春秋》，从1944年10月创刊到1949年4月终刊，前后出版四十四期，是20世纪40年代上海乃至整个国统区持续时间最长、联系当时国统区绝大部分进步作家的一份文艺刊物。中华人民共和国成立后，范泉先生历任上海永祥印书馆编辑部主任、新闻出版印刷学校分校副校长。1957年，范泉先生被错划为“右派”，发往青海劳改，70年代末得到平反。1986年冬，70岁的范泉从青海调回上海，任上海书店编审。由于想追回被浪费了的宝贵时间，他不顾年迈，以“赶快做”的态度，毅然担起组织编纂《中国近代文学大系》的重任。此书选收从1840年鸦片战争到1919年五四运动的近八十年间的文学作品，要组织专家学者对浩如烟海、良莠不齐的近代文学资料分门别类地搜集、筛选、点校、笺释，并撰写导言和作者小传，工程浩大，历时数年方得以完成。全书计两千余万字、三十分册，可谓皇皇巨著，出版后获得国家图书奖的荣誉奖。

我对这位文学出版界前辈仰慕已久，实际接触则始于20世纪 90 年代初。其时，我任上海文艺出版社总编辑，范泉先生向我社孙为同志提出一个选题建议，编一本“文化老人话人生”的书。范泉认为，已经出版的书，写青年的多，写少年儿童的也不少，却少有让老年人唱主角的。老一辈的文化人在漫长的岁月里创造了许多优秀成果，拥有丰富的人生体验，让他们回顾一下在崎岖人生道路上从童年走向老年的经验体会，抒发一下对于人生——特别是对于人生最后的老年阶段的理解和看法，将会为后人留下一笔宝贵的精神财富。

我们觉得，这是一个富有创造性的选题。我国正日益老龄化，老年人越来越多，有关老年人的书，出版界虽已开始注意出版，但多属保健养生类读物，重点“话人生”的很少，由一批杰出的文化老人集中起来“话人生”，更是前所未有。这些文化精英现身说法，讲述自己的人生经验、体会、感悟，定会成为一部人生宝鉴。它不仅可供老人借鉴，更好地走完人生最后的一段路程，而且对踏上人生之旅不久的青少年也将是一种很好的引导与启迪。出版社当即把它列为重点选题，约请范泉先生担任主编。

范泉先生接任后，立即抓紧工作。当时他已 75 岁，为上海书店编纂《中国近代文学大系》的工作还没有完成，担子很重，然而，为了尽可能地弥补已经丧失掉的宝贵年华，他要凭借改革开放的大好形势，尽量多做一些，再多做一些。他挤出时间，迅速拟定了一份组稿名单，约一百人，年龄从 70 岁左右到 110 岁，均为我国各领域的著名人士，其中有作家、科学家、戏剧家、翻译家、音乐家、书画家、学术理论家、表演艺术家和新闻出版家。这些文化名人大多很忙，限时请他们作文并不容易，还有些人年老多病，已难以执笔。范泉先生在1949年前后的编辑工作中与他们大多有过来往，凭借熟稔的友情关系，他亲自一一写信约稿，一封不行，再写第二、第三封。他还特意将组稿情况编印为一份“简报”，加强编者与作者、作者与作者之间的信息交流。老人们为范泉的真挚情感与坚定意志所感动，纷纷践约。患帕金森病的巴金老人为这本书写了《向老托尔斯泰学习》这篇可贵的文章；漫画家张乐平因病不能作画写字，用口述记录的办法写下了题为《幽默使我年轻》的文章；戏剧家曹禺“病卧久了，实在无力写东西”，特致函范泉，“感谢您十分殷勤，催促我，同意您将信在书集中发表”。范泉在组稿中所表现出的那种“烈士暮年，壮心不已”的精神，正如徐迟来函中所称道的，“犹热烈地生活着，工作着”。

在编辑过程中，为了进一步加强与作者的联系，听取意见，根据范泉的建议，出版社在沪召开了一次上海作者座谈会。1991年5月22日傍晚，一阵骤雨洗刷了盛夏的几分炎热。82岁的赵超构，83岁的柯灵与夫人陈国容，82岁的罗洪，80岁的朱雯，76岁的丁景唐，82岁的施蛰存，以及当时上海年龄最大的作家——91岁的许杰，先后来到浓荫匝地、位于华山路的丁香花园。这家著名的园林宾馆一时高朋满座，群贤毕至。会上，范泉向大家介绍了《文化老人话人生》一书的具体编辑设想。虽然老人们有的双腿不大利索，有的两眼有些昏花，有的两耳重听，但思维都仍相当敏捷。范泉的话音刚落，施蛰存就说开了。他说，有一篇著名的散文《论老年》，是古罗马的西塞罗写的。不过，西塞罗只活了 63 岁，他论老年，恐怕只是一个五六十岁人的体会，在今天看来，这还不算老年。真正要写出老年人的思想、情绪、经验、体会，恐怕还是要靠他们这批七老八十的人。因此，他赞赏范泉的编选计划……说着说着，施蛰存像被蜜蜂蜇了似的，用手抓住助听器使劲甩，最后把它摔在桌上，摇头叹息。原来，助听器失灵，他成了"聋子"。柯灵很快把自己的助听器借给他使用，他用了一会儿还是摇头，说声音同样没有过关。由此大家议论起老人用品的质量问题，对老人这一特殊群体的关怀问题，以及如何应对社会老龄化的问题，等等。范泉趁热打铁，说这些都是文章的好内容。事后与会者乘这次相聚的余兴，很快交来了稿件。施蛰存写的就是《论老年》，赵超构的题目是《优哉游哉，聊以卒岁》，朱雯的题目是《劫后余生话老年》，柯灵的题目是《活到老，做到老，学到老》，许杰的题目是《一个九一老人的生活和思想》。范泉先生又用"简报"的形式，把这些情况通报给全国各地的作者，从而犹如滚雪球一样，吸引了更多的来稿。

范泉并不以组到稿件为满足，他还要求每篇文字都配有特定意义的生活照、手迹和书影。他说，作者和书籍内容有直接联系的各种形象，应该是《文化老人话人生》一个不可或缺的组成部分，读者从中可以更好地理解作者的行为和思想，更好地理解作者所写的"话人生"的内涵。但由于经历了"文革"，这些文化老人大多受过冲击，许多珍贵照片和手迹散佚乃至被毁，因而要收集这些形象资料甚为困难。范泉先生迎着困难上，他要求尽最大的努力，收集到一切可能收集到的资料。在编辑组的共同努力下，在作者的配合下，终于收集到一些有意义的图像。由此，成书时，每人的文章后面都有两个版面的图影。这不仅使这本书图文并茂，可读可视，而且别开生面地抢救了一些文化老人的形象文献。从这个意义上说，《文化老人话人生》一书不仅有着思想意义，而且具有文献意义。

说到“抢救”，又不仅是抢救了一些形象资料。编辑这本书，按范泉的说法，整个就是一次“抢救”。他说，老一辈的文化人年事已高，说不定什么时候就被马克思请去了，他们丰富深邃的人生体验，倘若不记录下来，可能就永远消失了。请他们“话人生”，一定要“赶快做”。范泉身体力行，为此兢兢业业，宵衣旰食，和编辑组同志一起，仅仅花了三百天时间，就编成这本富有特色的高质量的图书。然而，尽管已是高速推进，还是有几位作者未及见到新书就仙逝了。有的老人为《文化老人话人生》写的文章成了他们的绝笔。如今，二十多年过去，书中的八十多位作者，除现年 95 岁的黄宗英还健在外，都已先后离世，范泉先生自己也于二十年前的 2000 年 1 月去世。倘若不是范泉先生当年热心“抢救”，世上也就永远不会有这样一部由老一辈智者现身说法的人生宝鉴。

范泉先生不仅是卓越的编辑家，也是著名的作家、文艺理论家、翻译家，有多种作品问世。他与鲁迅、郭沫若、茅盾、巴金、叶圣陶等前辈多有交往，留下不少情真意切的怀人散文。他逝世后，现代文学研究专家钦鸿为他编辑出版了《范泉纪念集》《范泉编辑手记》《范泉晚年书信集》《范泉文艺论稿》《范泉散文选》等书，展示了这位文学前辈可敬的成就与精神。就我的接触来说，范泉在《文化老人话人生》的编选工作中，也充分展现了他作为“文化老人”的那种充满激情、毅力、智慧和责任的“人生”。法国作家巴比塞说过，对于文化人来说，“重要的是在死后还继续活着”。集编辑家、作家于一身的范泉，他的精神与成就会常在，正是“死后还活着”的文化人。

2020 年 1 月 23 日

冯牧的理论勇气

作为文艺评论家的冯牧，我早就知道他的大名。第一次见面，是在1980年4月下旬于北京举行的全国文学期刊编辑会议上。当时，粉碎“四人帮”已过去三年多，文学战线在拨乱反正等方面已经取得了不小的成绩，复刊和创刊的省市级以上文学刊物达108种，发表了中短篇小说六千多篇，其中有许多深受读者欢迎的优秀之作。《人民文学》《小说月报》的发行量高达100万份以上。这种情况不仅为“文革”中所未有，也是“文革”前十七年所未有。同时，这期间的文学创作中也出现了一些倾向不好的作品。这次文学期刊编辑会议，就是要发扬成绩，总结经验，以利更好地前进。这当中自然也包括对文学期刊工作中某些问题和缺点的分析和研讨，但绝不是什么“纠偏的会”。然而，也许是“一朝被蛇咬，十年怕井绳”，一些人被“左”的一套摧残得神经十分脆弱，有点“空穴来风”，担心这次会议又可能混淆是非，把刚刚出现的文艺大好形势“纠”掉，因而忧心忡忡。会议结果表明，这样的担心是多余的。中央负责同志在讲话中，都一再重申了邓小平同志于1979年10月在第四次文代会讲话中的这句话：“文艺界是很有成绩的部门之一。”

冯牧同志在会议上作了富有理论色彩的发言。对于该如何看待文艺界当时出现的一些问题，他作了一个形象而精彩的比喻。他说，《红楼梦》中的傻大姐捡到一只绣春囊，还没有找到绣春囊的来头，就引来大观园内一番大检抄，搞得满园风雨，人心不安，晴雯因此而亡。我们不能这样做，而是要对出现的问题进行深入调查，具体分析。是什么问题就是什么问题，是什么问题就解决什么问题，不要把局部性的问题夸大为全局性问题，不要把工作上、认识上的问题夸大为方向路线上的问题，不要一刀切，不要大轰大嗡，更不要“刮台风”。当然，要解决问题也不能没有一点风，但要和风，有时还要一点雨，也要细雨。如此既解决了“绣春囊”的问题，又不会因为它扰乱整个“大观园”。我听了，十分佩服他辩证思维的力量。

这次会议后，我与冯牧同志结识了。当时毕竟粉碎“四人帮”不久，一些人对“左”的东西还心有余悸，思想上恍惚不安。冯牧同志走了不少省市，和文艺界朋友座谈讨论，帮助大家提高认识，增强信心。他曾专门到我们上海文艺出版社讲过一次话，对当时流行的夸大文学功能的看法明确表示不同的意见。他说，文学的作用就是通过形象，从思想感情上感染人、教育人，提高人的审美能力，影响人的精神面貌。对文学功能的过分夸大，正是造成文学上“左”祸的一个重要根源。冯牧同志这一明确的分析，不仅表现出他是真正的文学“里手”，同时更表现了他的理论勇气。新时期文学的发展比较正常，与文学摆脱了它不应有的一些社会政治功能有很大的关系。当然，冯牧同志也指出，有些同志根本否认文艺的社会影响，一听到社会效果就冒火，这也是不对的。在文学创作中，大量的作品是好的，但也确有一些社会效果不够好的作品，值得我们注意。凡是严肃的、有所追求的作家，都不可能不顾及自己作品的社会效果。这再次显示了冯牧同志清醒的辩证的意识。

正因为如此，当华中师院受教育部委托，着手编写《中国当代文学》教材，并确定由上海文艺出版社出版时，我们就想到请冯牧同志做此书顾问。这不是一个挂名的虚衔，而是一个不可或缺的实职。因为，80年代初，大家对当代文学上的一些问题还缺乏明确统一的认识，"乍暖还寒"季节，不时还有一些认识上的反复，这就使编写当代文学史遇到重重困难。冯牧同志不回避矛盾，对编写组提出的问题，都表达了自己富于勇气与见识的意见。1982年秋，《中国当代文学》第一册写就，责任编辑张有煌同志赴京请冯牧审阅。冯牧夜以继日地通读了全稿，仔细地提了意见，有些地方还亲自动手作了修改。张有煌深受感动，一再说冯牧这个顾问是真正的又"顾"又"问"。没有他的"顾问"，《中国当代文学》是不可能顺利完成的。这部至今仍在不断重版的教材，融注着冯牧同志的热情、勇气和睿智。

这种热情、勇气和睿智，在我以后与冯牧的接触中一再强烈地感染着我。1994年夏秋之交，他与荒煤同志来上海，我们请他们在衡山饭店吃饭。席间，他还兴致勃勃地为我们出版社推荐了几个选题。今年他重病住院之前，还在为主编《中国新文学大系》第四辑（1949—1976）的理论卷推敲选目。6月，我们去北京组织召开《中国新文学大系》第四辑分卷主编会议，曾通过他的侄女小玲提出想到医院看他，但由于他患的是白血病，医院为防止探病者带进细菌感染病人，未能同意我们探望。我们只得默默地祈祷上苍保佑他。9月，病魔终于夺去了他宝贵的生命。噩耗传来，我们不胜悲痛，当即由张有煌同志起草，发出一份长达四百多字的唁电。然而，仍是纸短情长，诉不尽我们对他的深深怀念。

1995年9月

王元化：沉潜在思辨海洋中的大家

1995 年深秋，第二届国家图书奖评委集中在北京一家宾馆，对各地推选的前两年出版的优秀图书进行评选。1993、1994 两年，全国共出新书十二万余种，经过层层筛选，报送上来的图书仍有近千种。评委会按图书类别，组成几个分评委会先行分头初评，然后再集中评定。

尽管送上的图书多为精品佳作，限于名额，最后能够评上的连同荣誉奖在内，总共不到四十种，文学类图书至多六七种。这需要好中选好，优中选优。文学分评委会由季羡林先生主持，经过务虚，大家认为在保证质量的前提下，要注意中国文学与外国文学、整理文化与原创文化、创作与理论、套书与单本的适当平衡。在反复比较、不断推敲中，王元化的《思辨随笔》被提出来讨论。这是一部单本理论著作，全书不过二十五万字，较之于众多规模宏大的全集、文集、丛书、套书，外观上显得有些单薄，但它所收的一百三十余篇文字，系作者五十多年来著作的摘编，是浓缩了的著作精华。篇幅虽小，内含却博大精深，可说是“以最小的面积，集中了最大的思想”，分量是沉甸甸的。

由于此书是上海文艺出版社出版的，我在文学分评委会讨论时，提及了此书的作者。我说：“元化同志是当前上海最著名、最具实力、最富影响的一位学者。”我之所以把“著名、实力、影响”都限制在上海，是因为在座的评委中只有我一人来自上海，其余都来自北京，其中有着季羡林这样名重一时的学人，我不便把话说满。谁知我的话音刚落，翻译家柳鸣九就补正道：“王元化先生的影响不止在上海，就全国来说，他也是当前最著名的一位学者。”

北京大学教授袁行霈随即讲了一件事：在全国文学学科规划中，王瑶先生曾有一个重点选题，就是对中国现代最有成就的十五位古典文学研究者的成果分别进行总结，按照时间序列，打头的是王国维，结尾的就是王元化。

诗人屠岸说，王元化先生不仅学术成就高，而且从《思辨随笔》来看，他在学术研究中始终高扬“独立研究与自由发展之精神”，对照社会上那种“颠狂柳絮随风舞，轻薄桃花逐水流”的学风，在某种意义上可以说，《思辨随笔》有“文起八代之衰”的作用。

作家张锲、文学理论家张炯等评委对《思辨随笔》及其作者王元化，也都给予了很好的评价。季羡林先生最后说，《思辨随笔》出书后，作者即送了他一本，他看了，确实有功力，有见解。

虽然文学分评委会在议论中对《思辨随笔》一致叫好，但由于国家图书奖是“粥少僧多”，也许强中还有强中手，因而还需要在总体上比较平衡，还需要全体评委斟酌决定。此后事态的发展却是一路绿灯，《思辨随笔》成为二十九种正式获奖图书中的一种，就文学图书来说，则是四种中的一种。

不过三百多页的《思辨随笔》获大奖，让我想起古人的一句话："山不在高，有仙则名；水不在深，有龙则灵。"

元化先生作为一位学人，敏于观察，耽于思索，勤于写作，尽管生平坎坷，命运多舛，却沉潜在思辨海洋中，当时已贡献出《文心雕龙创作论》《向着真实》《文学沉思录》《传统与反传统》《清园夜读》《清园论学集》《读黑格尔》等一批富有创见之作。总的说来，他的著作不以量胜，而以质胜。每部作品在篇幅上都算不上是大部头，但内容极为厚实，有"仙"有"龙"。他是一步一个脚印地行进在学术理论的道路上，每一步都有所开拓，每一步都落地有声。

正因为如此，《思辨随笔》出版后，在读者中也好评如潮，两年间数次重印。1995 年年初，王元化应上海当时最大的书店——南京东路新华书店的邀请，为读者签名。是日，一大早就有读者在书店门口排队。元化先生从上午 9 时签到 11 时，后续者还是络绎不绝。一本学术理论著作引起如此轰动，是少见的。在读者队伍中，元化先生认出其中两位是熊十力先生的后人，他紧紧握着他俩的手，并为我作了介绍，可惜我的疏忽，未能记住他俩的名字。元化先生盛赞十力先生的道德文章，他说，他的读书治学生涯深受十力先生的教益。1962 年秋，元化先生持韦卓民先生的介绍信，前去拜访被一些人称为"性格怪僻"的熊十力。当时，王元化被侮辱、被损害的处境使他变得很孤独，熊十力却有理解别人的力量，眼光里默默地含着对他的同情，使元化先生一见到他，就从内心深处产生一种亲和力。他同意王元化向他请教，此后两人多次进行了笔谈面谈。熊十力一再批评读书“贪多求快，不务精深”的作风，提倡“沉潜往复，从容含玩”，这让元化先生深契于心，遂在读书上痛下功夫，扎扎实实地打下了自己的基础。十力先生是1968年5月逝世的，直到1977年年底，获得平反的王元化才知道这一消息，当即作文纪念。此后，他又写了《熊十力二三事》，进一步抒发自己的缅怀之情。在《思辨随笔》的序中，他又驳斥了海峡彼岸一位论者对十力先生的污蔑不实之词，张扬了十力先生的学术精神，指出熊十力当年所说的“知识之败，慕浮名而不务潜修；品节之败，慕虚荣而不甘枯淡”，仍具有强烈的现实意义。由此也可见元化先生服膺真理、不忘故旧的高尚品性。

1997年，百花洲文艺出版社出版了王元化的《读黑格尔》影印本，他在序文中特意提到，熊十力倡导的“沉潜往复，从容含玩”的读书态度，促使他耐心地读懂了黑格尔。他最初读黑格尔的《小逻辑》是在1954年，宛如进入一个奇异的陌生世界，完全不能理解黑格尔所用的专门名词和他的表述方式，一时几乎丧失了继续读下去的勇气，但他硬着头皮坚持下来了。他反复阅读，先通读，然后再细读精读，先后读了三次，可谓“韦编三绝”。他在读的过程中，写了大量笔记。他说：“不做笔记就等于没读书，因为不做笔记，一些概念不那么明确，做笔记就是要把自己读书时吸收的东西整理一下，因为只有觉得理解了，才能写出来。”几次读黑格尔，他都处于隔离审查之中，在“沉潜往复，从容含玩”中，他深深体味到哲学所具有的无坚不摧、扫除一切迷妄的思想力量，增加了他的智慧，也增加了他的生活勇气。现在我们读《思辨随笔》，读他的其他著作，惊叹他满腹经纶、饱学多才，在文史哲诸多领域都能纵横捭阖、挥洒自如，这与他长期苦读有很大关系。心浮气躁，贪多求快，浅尝辄止，急于求成，是难以获得元化先生这样的功力的。

元化先生苦读书，但并非死读书。他眼观四海，耳听八方，坐在他名为“清园”的书房里与他聊天，国际国内、政治经济乃至足球体操，他都能侃侃而谈，不时闪出睿智的火花。他的“清园”与时代脉搏息息相通，他的学术研究与国运民生休戚与共。因此，他“为学不作媚时语”，不媚权势，不媚平庸的多数，也不趋附自己并不赞成的一时潮流。读他的文字，不仅可以获得思想的启示，而且可以得到一种高尚学术品格的感染。“文革”中，当韩非作为法家被大捧特捧的时候，王元化却在那里“非韩”。当“阶级斗争为纲”之说盛行的时候，王元化却著文指出要“摆脱阶级观点的局限”。20世纪90年代初，当趋新猎奇蔚然成风时，他尖锐批评了这种“浅薄”，深刻指出文化危机特别表现在知识分子的浮躁心理上。这当中有一种超越学术的人格力量在。元化先生说过：“理论的生命在于勇敢与真诚。”他十分敬重一千多年前的鸠摩罗什。他说，鸠摩罗什作为一个异邦人来到中土，以宗教虔诚传译梵典，自称未作妄语，死后舌不焦烂。长期以来，元化先生正是效法了鸠摩罗什，在荆棘丛生的理论道路上，以自己的“勇敢与真诚”，使自己的著作获得了强大的生命力，赢得了读者的喜爱。

这样说，并不意味着元化先生在学术研究上“一贯正确”。他说，就他的愿望来说，自然希望自己每一个论点都能贯彻始终，永远正确，无奈学术的道路并不平坦，他一再蹉跌，有过犹豫，有过彷徨，也走过弯路，因此，他不想像前人一样“不悔少作”，为了给读者提供更好的内容，对旧作中已经认识到的缺陷应加以修订。但是，这里绝没有趋炎附势，也没有随波逐流，而是表现了他一贯的追求真理、唯真理是从的学术品格。

1996 年 8 月的一天，我与同事去“清园”拜访他，想请他参加一个会议。正是苦夏季节，元化先生赤膊坐在客厅里，说他最近“歇夏”，谢绝外面的一切邀请。他高兴地和我们闲聊起他的一些生平往事，相谈之赤诚，犹如他赤膊面对我们一样。我说起，他从上海市委宣传部部长的位子上下来做学问，是他最好的定位。中国少了一个部长，却多了一个卓有成就的理论家。这是元化同志的幸事，也是国家的幸事。

元化先生也是出版界前辈。1952 年年初，上海组建了新文艺出版社，为上海文艺出版社的前身，第一任总编辑就是王元化。多年来，他一直关心出版社工作，我们有什么事请教他，他都热情给予帮助指导。2006 年左右，出版社启动了《中国新文学大系》第五辑（1976—2000）的编选工作，请他与王蒙任总主编。他当时虽然身体已不大好，仍欣然应允。2007 年 5 月，出版社在杭州金溪山庄召开《大系》第五辑主编会议，元化先生因病未能出席，特向会议写了一封长长的信，除精当地阐述了编选第五辑的意义外，还对编选过程中出现的几个争议问题，诸如是否要设影视文学卷的问题，关于传记文学的问题，选家的个性和历史评价的协调问题等，表达了他的看法。最后这个问题在会上引起热议，大家一致认为元化先生讲得对："应该从文学史的角度出发，尊重文学史上的评价，以历史文献眼光进行编选，而不是代表个人的观点。当然，也可以保留一点个性，在前言里进行评价的时候，可以带上个人的色彩，但是选作品的时候不要太主观了，因为这毕竟是历史文献性的东西，要有一份公允心。"

微型小说在改革开放后有着很大的发展，成为小说家族中的独立一支，我国小说格局已由传统的长篇、中篇、短篇的"三足鼎立"，变为长、中、短、微的"四大家族"，据此，第五辑《大系》新设了微型小说卷，由我任该卷主编。2007 年 7 月，我将初步确定的入选作品目录寄给元化先生审阅。他当时刚刚出院，住在衡山路庆余别墅养病，每周还要到医院打两次针，两周验血一次。考虑到他身体欠佳，我特意说明如精力不济，不必急于审阅。然而，他当即抱病看了，回信说："您在微型小说方面是专家，而我看得很少，更谈不到有什么研究，请您做主决定。"同时，针对我那段时间身体欠佳，他写道："您生病的情况亦有所闻，望善自珍摄，保重为要。"元化先生热情的关怀与鼓励，给了我温暖与力量。

2008 年春，元化先生又住进瑞金医院，有天下午我去看望，他正洗完澡坐在病房的沙发上。他说，他的皮肤瘙痒难忍，每天要进行"药浴"，在放有中药的温水中泡洗一段时间，会感觉好受些。也许是刚刚做了"药浴"，那天他精神还好，和我讲了一些富有思辨性的话。记得他讲起对“潮流”要具体分析，它可以体现历史的发展趋势，也可以成为浮在历史表层的时尚。面对元化先生，我总有面对一位杰出智者的感觉。是年5月初听说元化先生病重，5日下午2时许，我到瑞金医院九舍看望。其时，元化先生午睡未醒，我不忍叫醒已被病魔折磨得极为虚弱的他，在他病床边默默地为他祈福之后，对护理人员说，过几天再来探望。不料9日晚，先生就驾鹤西去，从此天人相隔，再也无缘拜见先生了。我当即写了一篇悼念文章，于当月11日的东方网与18日的《文汇报》发表。我说，卓越的理论家王元化走了，这是我国学术文化界的重大损失。我们将永远怀念他，继承发扬他“为学不作媚时语”的“勇敢与真诚”的学术精神。

2020年1月13日

丁景唐：不带半根草去

20世纪五六十年代，我在《新民晚报》工作。晚报总编辑束纫秋同志与丁景唐同志在1949年之前是地下党战友，都活动在文委系统，1949年之后，老丁先后在上海市委宣传部文艺处、报刊处与市出版局担任领导，与老束有着工作上的交往。有时他来晚报，与束或议事，或叙旧，交谈甚欢，我也由此结识了他。老丁为人谦和，温文尔雅，常常谈及现代文学作家与作品，一身文气。在我的印象中，他有别于一般的党政官员，更像一个学者文人。听老束说，他在1949年前办过杂志，出过诗集，对现代文学尤其是左联、鲁迅、瞿秋白等有着深入研究，这让我心生敬仰。当时我在做记者的同时，也在学写杂文与文艺评论。1959年，我在新文艺出版社出了一本小书，专评周立波的长篇小说《山乡巨变》，为该社“读书运动辅导丛书”的一种。有次与老丁相遇，他叫着我的笔名说：“晓江，文学评论急需新生力量，祝你不断取得新成果。”他的话，我视之为文学前辈对后生的鼓励，平添了我前行的力量。

“文革”时期，老丁被戴上“30年代文艺黑线人物”等帽子，受到冲击，我也因那本小书被戴上“修正主义文艺黑线吹鼓手”的帽子，再加上是所谓“修正主义新闻路线黑干将”，被靠边审查。我俩都曾被下放到上海新闻出版系统五七干校，有时会在田头海边相见，但限于当时严酷的政治环境，往往“默默不相语”。

1972年秋，我从五七干校被调到了出版系统。80年代初，老丁被任命为上海文艺出版社社长、总编辑，此时我是社里的文学编辑室主任，大家都欢迎老丁这一“内行里手”来掌舵，认为出版社复兴有望。上海文艺出版社出书的一个重点，就是中国现代文学。早在1958年到1962年，文艺社就曾请老丁主持影印了四十余种20年代末30年代初的革命文学期刊，其中包括已成海内孤本的《前哨》《文学导报》《文艺新闻》等。老丁还和孔罗荪、方行一起主编了《中国现代文艺资料丛刊》（1—3辑）。这些珍贵的现代文学史料的整理和出版，引起了国内外研究者的注意，郭沫若曾以中日友协的名义将上海文艺出版社影印的多种刊物作为礼品赠送给日本朋友。

老丁80年代初重出江湖，到上海文艺出版社主持工作后，大力拨乱反正，迅速恢复出版《中国现代文艺资料丛刊》，同时制订了系统的现代文学影印出版计划，先后影印了瞿秋白编选并作序的《鲁迅杂感选集》，赵家璧主编的《中国新文学大系（1917—1927）》，以及鲁迅主编的《语丝》全套，等等。影印本的及时出版，迅速滋润了遭遇浩劫的荒芜的中国现代文学园地，同时具有抢救现代文学史、现代出版史、现代文化史等有关资料的重要意义。

影印出版的《中国新文学大系（1917—1927）》共十卷，平均印数两万册，其中诗卷高达五万册。这一“轰动效应”增强了老丁对出版《中国新文学大系》的意义与作用的理解，他在与赵家璧先生以及社里一些同志商讨后，决定续编《中国新文学大系》。这是一个巨大的文化工程，老丁凭借他的学养与勇气，殚精竭虑地成功完成《大系》第二辑（1927—1937）的编选，并为此后的第三辑（1937—1949）、第四辑（1949—1976）、第五辑（1976—2000）的编选开了路，奠了基。《中国新文学大系》皇皇百卷，是中国文学出版史上的辉煌篇章，是延续了近一个世纪的“世纪工程”，也是几代作家、出版家接力进行的“接力工程”。其中作出最多贡献的，是赵家璧与丁景唐——赵老是开创者，老丁是中兴者。

《大系》第一辑早在1935年就出版了，赵家璧本是有续编计划的，由于抗战爆发，续编的计划搁浅。中华人民共和国成立后本可着手这一工作，可由于“左”的思想干扰，对30年代文学史上一些作家作品难以作出正确的评价，因而也迟迟未能动手。“文革”过后，党的十一届三中全会恢复了党的实事求是的思想路线，拨乱反正，改革开放，为续编《大系》提供了时代条件。老丁对《大系》第二辑的顶层设计，就是要发扬新文学革命传统，反映新文学运动的历史面貌，展示“第二个十年”的辉煌实绩，促进新时期文学的繁荣兴旺。《大系》第二辑以反帝反封建的作品为主，同时兼收各种流派、风格的代表性作品。小说卷在收入《子夜》《家》《倪焕之》这些主流作品的同时，也选进了《边城》《我这一辈子》等具有艺术特色的优秀之作。根据

“第二个十年”的创作实际，《大系》第二辑较之第一辑新增了杂文卷、报告文学卷与电影卷，总的篇幅扩大一倍，由十卷发展为二十卷。

《大系》所收的作品，在发表出版后的几十年间，于重印重版时多有改动，像巴金的《家》，出版后曾作过八次修改，叶圣陶的《倪焕之》，1955 年的版本将后面的七章全部删除，主人公的结局也大为不同。为保持作品的历史面貌，老丁提出，所选作品均要按初版本排印。为了找初版本，有关编辑跑遍了京沪等地的大图书馆，增加了不少工作量，终以“踏破铁鞋”的精神，保证了《大系》特有的史料价值。值得一提的是，后来《大系》第三辑文学理论卷中收入的毛泽东《在延安文艺座谈会上的讲话》，也没有选用后来《毛泽东选集》收入的文本，而是坚持选用了延安《解放日报》最初发表的文本。其时，按照老丁的意见，出版社给中央办公厅写了公函，表明了《大系》资料性的原则，获得了同意。

赵家璧主编的《大系》第一辑，各卷的编选者都是文坛名家，当时他们正值盛年，年富力强，几十年过去，这些名家已届高龄，再请他们亲自上阵就有点强人所难。老丁思索再三，决定在社内成立编选组，承担具体的编选任务，同时约请文坛前辈撰写序言。他这样做，自然基于他了解社内已积累了充足的现代文学资料，特别是有一支精干的现代文学编辑队伍，实际上，更是由于社里有着他这位现代文学研究大家与出版专家坐镇组织指挥。记得编选工作开始后，社里将有关资料集中到一个房间，供编辑参阅。老丁不时就编选中的一些问题进行讲解。他还鼓励编辑多到图书馆去翻阅当年的报刊，从中感受历史的文化气息。编选的过程也是对编辑培训的过程，由此促进了编辑学养的成长和能力的提高。大家称编选组就是进修班，老丁就是指导老师。

约请名家写序的事，多为老丁亲自出马。周扬、巴金、艾青、吴组缃、聂绀弩、芦焚、于伶、夏衍等分卷主编，老丁都一一登门拜访落实。1982 年冬，我随老丁在北京组稿，随他拜访了叶圣陶、夏衍、吴组缃等前辈，感佩他凭借深厚的现代文学素养，能与这些大家作深入的交谈。

老丁善于“以文会友”，人缘很好，在北京组稿的顺利也得益于文化界不少朋友的帮助。此后我去北京，总有他的朋友托我代转他们对老丁的问候。其中，作家、诗人袁鹰是 50 年代初由《解放日报》调到《人民日报》的，曾任中国作协主席团委员，我也认识，他几次怀着感情对我讲，老丁是他做地下工作时的领导，对他有引路作用。袁鹰来上海，只要时间许可，总要来看望老丁，可谓战友情深。90 年代末的一天，袁鹰约了杨志诚等几位文化界老友来看望老丁，相见地点在上海文艺出版社会客室，我与郝铭鉴、郑煌等也参加了。袁鹰说，老丁从青春歌者到白发书生，乡音依旧，爽朗直率的性格依旧，忠贞执着、肝胆照人的人格品质依旧，严谨认真、一丝不苟的治学态度依旧，兢兢业业、踏踏实实的工作精神依旧，几十年如一日，委实可喜可贺可敬。我说，今天是前辈文学老友的欢聚，也是两代编辑的相会，让我们后辈从前辈的风范和友情中受到了教育。

老丁从1940年起就住永嘉路291弄，弄名慎成里，七十多年没有搬迁过。石库门的房子已经老旧，空间也相当逼仄，他住三楼一间房，既用以休息阅读，也用以会客写作，是道道地地的“多功能室”。亲友劝他换一处较好的住房，他不为所动。这一方面是由于他生活俭朴，随遇而安，同时，也因为这条里弄有“故事”。弄里原64号在三四十年代是中共江苏省委机关所在地，当年省委书记刘晓和夫人张毅一度住在三楼。而连接后弄的襄阳南路351号，曾是萧军、萧红当年在上海的旧居。1935年5月，鲁迅夫妇携海婴来这里看望两萧。我有一次到老丁家去，他特意带我在弄堂里转了一圈，津津乐道地向我介绍那些具有光荣历史的房屋。我略有感悟，老丁不想搬离这里，还是由于这里能触摸到他当年投身革命的激情，能亲近他毕生敬仰和研究的鲁迅与现代文学。

丁景唐同志于2017年12月11日逝世于华东医院，享年98岁。根据他的遗嘱，丧事一切从简，以海葬为最终归宿。他是“捧着一颗心来，不带半根草去”。

2018年2月

葛洛：长松自是拔俗姿

听说葛洛同志走了。我在等待开追悼会的通知，我打算献上一个大大的花圈，寄托我与上海文艺出版社同志们的深深哀思。可是，几天过去了，几星期过去了，这样的通知始终没有收到。一打听，原来葛洛同志有遗嘱，不举行任何悼念活动。他“捧着一颗心来，不带半根草去”，悄悄地、默默地走了。

这更引起我深深的怀念与敬意。

葛洛同志是位作家，一位“三八式”的革命前辈作家。早在1940年，他20岁时，就在延安《解放日报》上发表了引人瞩目的小说《我的主家》。随后，《卫生组长》《风波》等作品都引起相当反响。80年代，我们在编选《中国新文学大系》第三辑（1937—1949）时，翻检了那一时期国统区、沦陷区、解放区以及港台地区的大量作品，感到解放区的小说给当时的文学带来了前所未有的新风格、新气息、新人物、新世界，呈现着鲜明的革命化、民族化、群众化和多样化的特点。这当中，丁玲、赵树理、孙犁、康濯、马烽等人的作品自然最具影响，葛洛也作出了重要贡献。经过比较，我们最后决定将葛洛于1945年5月写的《卫生组长》一文收入《大系》。此文没有正面反映抗日战争，而是写了解放区人民克服自身的落后愚昧意识，努力提高文化卫生水平的故事。这表明他选择题材有着自己独特的视角。在抗日战争即将胜利而又尚未胜利的时候，他已运用自己的笔，呼吁大家要重视思想文化建设，提高人的素质了。作品中的“我”——卫生组长，刻画得真实细致、栩栩如生，艺术表现相当圆熟。20岁出头的葛洛，在抗日的烽火中已显示出很好的创作才华。

可是，葛洛同志的创作才华并未得到充分发挥。他“听将令”，按照党的事业需要，后来长期做文学编辑与文学组织工作，默默地“为他人作嫁衣”，为一代又一代文学新人的成长耗费自己的心血。粉碎“四人帮”后，为了推进小说创作的繁荣，中国作协委托《人民文学》杂志每年举办一次全国优秀短篇小说评选。当时，葛洛同志是中国作协书记处书记、《人民文学》副主编，这项评选工作是由葛洛同志实际主持的。评选采用群众推荐与专家评议相结合的方式，既要组织广大读者踊跃进行推荐，又要组织专家认真进行讨论，最后还要组织一次有声有色的颁奖大会。年年都要来一次，工作是繁重琐碎的，又必须是细致认真的。葛洛同志任劳任怨，与其他同志一起，出色地完成了任务。每年评选以后，还要汇总获奖作品出一本书。1979年至1982年，每年的获奖作品集是由我们上海文艺出版社出版的。为了这件事，1981年春，我去北京拜访了葛洛同志。那天晚上8时许，我与责任编辑赵继良同志来到他的简朴住所时，他刚刚回来吃晚饭，热情地招呼我俩坐下。我说，获奖作品集每本都要印一二十万册，颇受读者欢迎，感谢中国作协将获奖作品集交我们出版社出版。葛洛同志谦和地摇摇手说：“不，首先是我们要感谢你们。你们的书出得又快又好。”随即，他详细地介绍了当年的评选情况，分析了文学创作的态势，提出了如何进一步加强配合，把获奖作品集出得更快更好的意见。他的谈话很实在，很中肯。他既是文学与编辑的内行，又燃烧着献身于文学与编辑事业的热情，但丝毫没有一点炫耀与自夸，显得那么谦逊与质朴。我感到，他有一种人格力量在冲击着我。

后来，在《中篇小说选刊》的几次评选与颁奖活动中，我与他又有几次接触。在我们的评委会中，他的地位是比较高的，但每次开会，他总是悄悄地坐在一旁，静静地听着别人发言。他的话不多，说起来却“言之有物”，十分质朴，又十分有力。原因在于他极端负责，认真读了作品，又认真作了思索。只要有助于文学的繁荣，不论在哪个场合、哪个岗位上，他都丝毫不吝惜自己的精力与智慧。每发现一篇优秀作品、一个有才华的文学新人，他总是欣喜不已。在文学与编辑的战线上，他是那种“俏也不争春，只把春来报。待到山花烂漫时，她在丛中笑”的人。

现在，他走了，悄悄地默默地走了。他不希望他的走给人们增添任何喧嚣与麻烦。他人生的最后一笔，显露的还是那种“不争春”的风格。古诗“清泉绝无一尘染，长松自是拔俗姿”，正是葛洛同志的写照。

1994 年 6 月

菡子与《女兵列传》

“文革”期间，上海作家协会专业作家的人事关系多转到出版社来，其中有茹志鹃、峻青、哈华、黄宗英、王西彦、卢芒、鲁山、菡子等。粉碎“四人帮”后，多数人的人事关系又转回上海作协，少数人则自愿留在出版社，菡子是其中的一位，我得以与她做了多年的同事。

菡子是现当代著名散文家，我国的现当代文学史著作多将菡子散文单独列为一节。同时，她又是一位老革命，1937 年 16 岁时就参加了新四军，长期在部队从事文化工作，从 40 年代开始发表作品。中华人民共和国成立后，她曾任中国作协创作委员会副主任、安徽省委宣传部宣传处处长、《收获》和《上海文艺》编委、上海市作家协会副主席。

我对她仰慕已久。抗美援朝时，魏巍的《谁是最可爱的人》深深感动和激励了我们那一代青年，同时，我们也争相传阅菡子从朝鲜战场传来的《我从上甘岭来》《和黄继光班相处的日子》等感人篇章。被魏巍称为“我们的女兵”的菡子，在炮火连天的朝鲜战场生活长达八个月，以革命军人“一不怕苦，二不怕死”的精神，深入到上甘岭等战斗最前沿，与将士同呼吸，共战斗。在我的印象中，菡子是一位优秀的女作家，也是一名勇敢的女兵。

“文革”结束后，她步入老年，且身体多病，本可安享离休生活，但她闲不住，不安于清闲无为。她出生在农村，怀有深深的乡土情结。60年代在安徽工作时，她就经常深入农村，写了不少反映乡村生活的散文。“文革”中的种种束缚解除之后，她提出要到家乡溧阳生活一段时间，出版社当然同意，只是希望她注意身体，不宜过于操劳。她在溧阳与乡亲“同吃同住同劳动”，喜农民之喜，忧农民之忧，写了多篇作品，表现了新时期农村的变化、农民的冀求以及江南水乡特有的风韵，1982年结集为《乡村集》出版，文笔优美，格调清新，作品中洋溢着诗意，为我国新时期散文创作添上了明丽的一笔。

从溧阳回沪后，在出版社进行选题讨论时，她提出可组织出版一些反映中国现代革命中女战士风采的图书。她说，妇女能顶半边天，在大革命、反“围剿”、长征、抗日战争和解放战争中，有许多女兵的身影，她们的生平事迹是革命传统教育的生动教材，可惜成文成书的很少，宜在这方面作些开拓。显然，菡子的这一选题意见具有创新性，社长丁景唐当即同意，确定组织编选《女兵列传》，并成立由菡子任主编的编辑组。菡子以极大的热情制订编选计划，多方了解可以组稿的对象，并公开向社会发出征文通告，社会反响强烈。两个多月后，汇总各方推荐，可成为传主的女兵多达两百多人。显然，这是一集《女兵列传》无法容纳的，编辑组决定将其作为丛书，先出第一集，然后成熟一集出一集，凡传主健在的，都尽可能请传主本人写自传。参加过延安文艺座谈会的曾克，写了《女战士自述》；1939年投奔延安的严金萱，写了《歌声伴我前进》；1943年参加新四军的茹志鹃，写了《在泥泞的路上跋涉》。

对已经逝世的传主，则力求请比较熟悉的人来写。丁玲幼时在常德，曾随母亲和大革命时期牺牲的向警予烈士住在一起，1923年在上海又亲受过向警予的革命思想熏陶，她特意写了《向警予烈士给我的影响》一文，表示“愿意以这样一位伟大的革命女性为榜样而坚定自己的意志”。文章文情并茂，启人感人。20世纪80年代初，我曾到丁玲在北京的寓所向她请教一些革命文学史的问题，丁玲也谈到向警予，说她“像一缕光，一团火”。《女兵列传》在菡子的主持下，先后出了三集，既成为进行革命传统教育的生动教材，也成为具有革命史料价值的文献。

菡子质朴热情，待人以诚，没有老革命老干部的架子，平时虽然言语不多，同事们却喜欢接近她。1989年秋，我的散文集《海上乱弹》即将由安徽文艺出版社付印，我请菡子作序。她说，你这是不是看重我在安徽工作多年？我说确是一个原因。我是安徽人，书写到了安徽，又在安徽出版，序再请“半个安徽人”来写，不是突出其“徽派特色”了吗？她笑着说，那好吧，我写。序中她有意写到她与安徽的关系，“曾培十四岁离皖，我在安徽还多待一年时间。我是十六岁入皖的，抗战结束后中断几年，解放后又浪迹皖地”，人们总是“对故乡有无穷的回味，心里充满爱”。我为此感谢她。

不过，她在序中写道：“曾培是我的熟人，说领导也好，说朋友也好……”我向她提出，其中“领导”二字不妥。我说，您既是革命前辈，又是文学前辈，怎么能这样写呢？她开始不同意改，说事实并不错，我说我是请前辈作序，是以文会友，不宜扯上行政关系，她最后同意将“领导”二字改为“同事”。

菡子晚年身体多病，在与疾病的斗争中，仍发扬“女兵”精神，顽强学习电脑打字，艰难地完成《菡子文集》的编选，为世人留下了她宝贵的精神财富。

2020 年 1 月

金庸：精益求精成文宗

武侠泰斗金庸先生于2018年10月30日驾鹤西去，11月12日，他的丧礼在香港举行。他的逝世，引起人们深深的怀念。我想起自己对他的一次访问。那是1998年11月，乘在香港参加第六届沪港出版年会之机，我通过香港《明报月刊》总编辑彦火先生的介绍前去拜访。其时金庸先生担任明河集团有限公司董事会主席，在北角的一座大厦内办公。他的办公室位于25层，面积一百多平方米，宽敞、明亮、整洁、典雅。透过一长排落地钢窗，维多利亚港湾的景致尽收眼底。连绵的书架飘散着浓浓书香，从中可见金庸先生著作的各种版本。

金庸先生热情地和我们握手，引导我们在靠西的两排沙发上坐下。尽管他当时已年逾古稀，但身体健好，思维敏捷。虽然走南闯北几十年，讲话仍带乡音。我说：“查先生（金庸姓查，名良镛）家乡海宁，在现代文化史上名人辈出，有王国维、徐志摩、张宗祥，还有逝世不久、在海宁建立了艺术馆的钱君匋……”金庸先生立即补充说：“钱君匋先生出生在桐乡，祖籍海宁。”

随即他问起我的家乡，我答以安徽全椒县。他说，那是《儒林外史》的作者吴敬梓的故里。我说，全椒邻近滁州。他说，是不是欧阳修笔下“环滁皆山也”的滁州？金庸先生博闻强记，见多识广。他问起同来的时任上海三联书店总编辑陈保平的故乡，保平说：“浙江建德。”金庸先生笑着说：“那我们是同乡了。”

我告诉金庸先生，他的《神雕侠侣》漫画版将由上海印行，争取在年内揭幕的上海书城中亮相，希望他届时能到上海与读者见面。金庸表示感谢。他说，上海近年发展很快，上海博物馆、上海图书馆都是令人流连不已的地方，现在又添了一座令人神往的书城。可惜届时他要去欧洲，难以分身，只好等待他日。他向上海读者致敬。

金庸的作品风靡全球，有人说：“凡有中国人的地方，就有人知道金庸的名字。”因此，他也为盗版所困。他说他授权北京三联的著作，最近也被内地一家出版社以“评点”形式所盗，他要联合北京三联与盗版者“打官司”。言谈中含有激愤。我们说，近来盗版活动的确猖獗，凡是畅销的书，几乎都被盗版，有关方面正在加强打击力度，全国反盗版联盟已经成立。

我们又和金庸先生谈起创作问题。陪同访问的彦火先生介绍说我是研究微型小说的，香港刚刚出版了我的一本书《微型小说的特性与技巧》。金庸先生说，微型小说适应快节奏生活的需要，且便于在报刊发表，有发展前途，问题是写好也不容易。我觉得，金庸先生虽擅长长篇创作，但对微型短制也知之甚深。金庸先生得知陈保平先生的夫人陈丹燕是一位有特色有成就的作家时，又饶有兴趣地谈了一些女作家的创作情况。

谈话中，他突然问起上海古籍出版社的出书情况。原来，他虽已学富五车，仍苦学不辍。他曾向上海古籍社购买了不少书，还想继续买一些好的古籍著作，希望能得到该社的近期出书目录。实际上，当时上海古籍出版社社长李国章先生也在香港，我们懊悔没有邀他一同前来。

时间在随意交谈中迅速流逝。再过半小时，金庸先生要去参加香港商务印书馆举行的《汉语大词典》光盘发布会，问我们去不去，可以搭他的车一道去。我们说，因另有安排，已向商务总经理陈万雄先生请了假。金庸先生随即说，我送你们一部书作为纪念。说着他走到书架前，要我们自己挑选。我们说，还是查先生定吧。于是，他送我一部《射雕英雄传》，送保平一部《笑傲江湖》。在送给保平的书上签名时，也没忘记同时写上："请陈丹燕女士指教。"金庸先生谦和，谦逊，也谦恭。

握别后，彦火先生说，金庸先生既才华横溢，又勤奋踏实。当年《明报》创业时，他的工作千头万绪，仍亲自处理编务，对重要稿件也会校阅好几次。

我想到金庸先生晚年不辞艰辛，以十年的时间修订自己的作品，有些作品精心修改后，与原初报上连载的相比已"面目全非"，以至于有"连载的金庸"与"修订后的金庸"之分。这也正是他认真精神的体现。俗话说："艺精心更苦，何患不成功。"精益求精的金庸，是一个出色的例证。

2018 年 11 月 13 日

黄宗英、冯亦代的“宁馨儿”

作家、演员黄宗英与翻译家、学者冯亦代于1993年秋结成老来伴。是年，黄宗英69岁，冯亦代81岁，大红结婚证书上两者年龄相加得数整整150岁。在一次知友的宴席上，大家要他俩说说恋爱的经过。他们觉得白发人的黄昏恋不同于黑发人的青春恋，没有什么可以说，但又不忍拂老友情意，黄宗英遂脱口讲了一句：“明年我们决定给你们看一个胖娃娃。”“胖娃娃?”这一惊人之语，更引起大家寻根究底。黄宗英回答说：“我们的胖娃娃，是一本我们二人文章的合集。”

现在，这一“胖娃娃”出世了，这就是散文集《归隐书林》。6月29日上午，在充满文化情调的上海大风车茶社，举行了《归隐书林》新书座谈会，文学艺术界、新闻出版界的许多朋友前来祝贺他俩的“胖娃娃”的诞生。冯亦代说，他这个二哥与小妹宗英都历尽人世的坎坷和欢欣，老来结伴，唯愿远离名利，归隐书林，伴山伴水伴书窗，以乐余生。《归隐书林》收入他俩1992年至1994年所写的文章，计八十篇。黄宗英于去年第三次入藏，为《魂系高原》做主持人，犯了高原适应不全症，昏迷两个昼夜，病了很长一段时间，因而写得较少，以至于“娃娃”未能像原先希望的那样胖乎乎。但苍天可鉴，他俩并未因堕入爱河而懒于动笔。

与会者在发言中赞美二哥、小妹的黄昏恋，赞美他俩携手“归隐书林”的美好追求，赞美《归隐书林》是他俩孕育的一个胖乎乎的“宁馨儿”。在这个“宁馨儿”身上，折射着他俩对事业的顽强执着的精神。他们不愁吃，不愁穿，不缺这，不缺那，坚持每天清晨四五点钟起身进行笔耕。黄宗英更不安分，带着有病之身，天南地北地跑，成为有名的“游方文人”与“拼命三姐”。她为自己订下这样的守则：“只做别人无法代替你做的事，少做或不做人人都能做的事。”去岁入藏身罹重病，有人抱怨亦代放小妹冒险远行，亦代又何尝不念及小妹的身体，但他知道小妹此行，是有利于人类生存的大事，他绝不能做小妹事业的绊脚石。《归隐书林》闪耀着这二位老人鞠躬尽瘁、自强不息的火花，是很动人的。

同时，从这个“宁馨儿”身上，还透露出这两位老人是道道地地的“书痴”。黄宗英有篇题为《书生馋书》的文章，极写她“馋书”种种。冯亦代则在《乐在书中》一文中深情地表白：“我已到了耄耋之年，我不以爱读书而痴为耻，觉得这个‘痴’字，使我成了读书人，正是我的高尚处。”正由于此，两个“书痴”缔造的“宁馨儿”，也就洋溢着一股书卷气。1992 年，黄宗英到美国探亲，经常到附近的图书馆看书，图书馆旁边有个“老人中心”，不时开展一些活动，黄却从不涉足。她在给冯的信中说：“我感到在图书馆，我的心是立着的，往旁边走两步进了‘老人中心’，就躺下了。”冯回答说：“我以为即使参加‘老人中心’

的活动，也可以是立着的。”《归隐书林》显示着他俩在遨游“书林”时坚持“立着”的人格力量。

此外，《归隐书林》这一“宁馨儿”还是由深情孕育的：友情、亲情、恋情、故园情、祖国情。白居易讲为文之道：“感人心者，莫先乎情。”《归隐书林》正以浓烈而纯真的感情打动人。其中特别值得一提的，是黄、冯二位都没有回避对已故伴侣的深深思念。黄宗英在多篇文章中提到了赵丹，冯亦代为安娜专门写了《一封无处投递的信》。书的插页，印制了黄宗英与赵丹、安娜与冯亦代的照片，序中特意提到赵丹、安娜九天九地有灵，也会呵护他俩相扶相伴归隐书林。

《归隐书林》中，黄宗英的作品热情浪漫，语言激越奔放，属艺术家型散文；冯亦代的作品质朴深沉，语言练达隽永，属学者型散文。两者风格各异，却相互辉映，形成一种特有的艺术魅力。张瑞芳在会上说，这样好的“胖娃娃”，“不仅属于他俩，也属于大家，属于同时代的人”。我则表示，我们上海文艺出版社荣幸地成为他俩的“产院”，乐于继续为他们以后的“宁馨儿”接生。秦怡接着说，她代表妇联对他俩放宽计划生育政策，可以生十胎、二十胎。大家哄然一笑。

1995 年 8 月

20 世纪七八十年代，黄宗英的编制在上海文艺出版社，“文革”结束后，她又拍电影，又办公司，十分忙碌。1985 年 7 月

25日我的日记写道：

黄宗英从联邦德国和法国访问归来，下午，我与郝铭鉴去她家看她。她清瘦多了。虽说“有钱难买老来瘦”，但她这样的掉肉，是以过分操劳为代价的。

我们劝她在上海多休息几天，她连连摇头，说她在深圳经营的都乐文化公司有许多事在等她，明天，她就要南飞了。环顾她的住宅，条件是不错的，但她不恋这个“安乐窝”，不顾已达“耄耋”的年纪，仍只身在各地忙碌奔波。在她的身上，总是洋溢着那么炽热的工作热情，那么执拗的追求精神。今天和我们谈得最多的，是工作效率问题。她感叹说，在中日合拍《一盘未下完的棋》时，日方是十多人，我们则出动了九十多人，有些人没事干，只是为了旅游观光一下……

是年12月底，我访港回沪途中，到蛇口看她，劝她“悠着点”，她说停不下自己的脚步。

2020年1月

友人：用生命书写生命

谢泉铭："谢谢老谢"

2010年清明时节，上海一批作家结伴前往青浦福寿园，祭奠十年前逝世的文学编辑谢泉铭先生。老谢一生从事文学编辑工作，先是在《新民晚报》编"夜光杯"，继而在《解放日报》编"朝花"，后到上海文艺出版社编《小说界》，热心培养了一批文学作者。他于20世纪90年代退休后，仍然为文学事业奔忙不息。2000年3月31日下午，老谢在上海工人文化宫出席"五月丛书"评选会议时突发脑溢血，送医救治无效，于当晚22时去世。他在会场倒下时，作家赵丽宏坐在他的身旁，在护送他前往医院的途中，老谢说了一句："太累了。"作者们从赵丽宏当夜写出的悼念文章中惊悉这一噩耗，纷纷到谢家表示感恩之心和哀悼之意。

是的，老谢"太累了"。他在多年的编辑岗位上兢兢业业，呕心沥血，引导许多青年走上文学之路，培养造就了一批作家诗人。作家彭瑞高说："也许我们不能说，如果没有老谢，我们至今还在黑暗中摸索；但是，我们可以肯定，在把我们带出文学隧洞的人中，老谢手里的火把是最亮的。也许我们不能说，如果没有老谢，文坛会整整缺少一个师团；但是我们可以肯定，一个文学编辑旗下聚起那么多青年，老谢这一生本身就是奇迹。"老谢退休后仍心系文学事业，忙碌不已。他逝世的前一天晚上就曾有头晕症状，一时天旋地转，但稍纵即逝，未能引起他的警惕，第二天上午他还到“老家”上海文艺出版社，询问“大上海纪实丛书”的出版情况，因为他是那套丛书的责任编辑之一。同时，他还到一些办公室和老同事们聊天。其时，我在会议室开会，他也推开会议室的门，我站起来问他有没有事，他说没事没事，把门带上就走了。谁知他下午就倒在“五月丛书”评选会议的会场上，从此天人相隔，再也听不到他喊我“小江”或“晓江”的亲切呼声了。

我自20世纪50年代中期开始，就和老谢是同事。先是在《新民晚报》，他编副刊，我跑新闻，虽然分工不同，但来往较多，关系较好。当时我年纪较轻，同事都叫我“小江”或笔名“晓江”，老谢稍长于我，也就以“小江”或“晓江”称呼我。《新民晚报》在“文革”中被停办，老谢一度在《解放日报》帮忙编副刊“朝花”，我则去五七干校劳动，接受再教育。1972年左右，我俩先后被调入上海出版系统。当时，上海原有的几家出版社的建制都被撤销，共同组成上海人民出版社，简称“大社”。我俩都被分配到文艺编辑室。其时“万花凋谢一时稀”，书店里的新老图书都很少，群众渴望能有书读。先是国务院召开全国出版工作座谈会，周恩来总理指示，不要把“十七年”的书统统报废、封存、下架，于是书店里逐渐有了《红楼梦》等古典小说。随后又有最高指示，说现在缺少诗歌、小说、散文、评论，要逐步繁荣起来。于是，上海人民出版社加强了出版业务。我与老谢也正是在这一背景下调入文艺编辑室的，我俩的任务主要是抓小说出版。当时领导要求重点抓"三结合"创作，"走上海机床厂从工人中培养技术人员的道路"，也就是说，要从工农兵中培养作者。鉴于当时有不少上山下乡的知青投稿，其中一些人颇有文学才华，编辑室决定在这方面多用力。但要这些作者一下子写出长篇是不现实的，"万丈高楼平地起"，先组织他们写短篇，于是组成了两个短篇小说"三结合"创作组，一个农场组，一个工厂组，分别选了一些有文学潜力的知青参加。他们的作品经过多次讨论修改，最后分别结集为《农场的春天》和《小将》两书，作者中的王小鹰、王周生、孙颙、肖关鸿等由此崭露头角，后来都成为新时期文学的中坚力量。

然而，我们急切地期待着有能力创作长篇小说的新人出现。1973 年年底，老谢从来稿中看到在贵州插队的上海知青叶辛寄来的一部长篇，认为基础不错，即致函作者，请他春节来沪商讨如何修改加工。按叶辛的说法，当时他蜗居在山旯旮里的村寨上，"正处于一生中最忧郁沉重的时期"，曾努力写过两篇小说，都被退稿。寄到上海出版社的是第三部，按照以往两次的经验，总要耐心等三五个月吧。没想到，他 12 月 22 日寄出，1 月 9 日就收到回信，其间还过了一个元旦，实际审稿只用了十来天。叶辛倍受鼓舞，当日即购票回沪。见面后，老谢详细谈了修改意见，意见全面而具体，"连一些细节，一些人物对话的语气"都谈到了。叶辛先在家里修改，后来为了便于与老谢及时交换意见，遂与合作者鲍正衷（因腿疾留在上海的知青）一起住进出版社的作者宿舍。为了帮助他俩扩大眼界，提升文学素养，老谢特意为他俩办了借书卡，让他俩从出版社资料室借阅当时在社会上根本看不到的中外名著。改稿需要的时间远远超过叶辛原来的请假时间，叶辛不知如何是好，老谢看出了他的心思，安慰他说："不要怕时间不够，我们可以用出版社的名义，替你去向插队的公社请假。"粮票不够，老谢与编辑室同志用节省下来的一点粮票予以支援。经过长时间的反复修改，叶辛和鲍正衷合作的第一部长篇小说《岩鹰》终于问世，成为新时期出现的知青长篇创作热的先声。

差不多同时或稍后，老谢又满腔热情地帮助张抗抗修改她的第一部长篇小说。张抗抗是杭州知青，当时落户于北大荒农场。1974 年年初，她将自己写的长篇小说《分界线》的提纲寄给当时文艺编辑室的负责人任大霖，任大霖转交老谢处理。老谢肯定了作品的构想，鼓励她写出来，并对如何写提出了建议。张抗抗的初稿写完，老谢阅后即请她到上海修改。修改期间，老谢和另一位编辑陈向明（少儿出版社原社长）与张抗抗轮流作业，抗抗改完一章，他俩就看一章，若是通过了，立即进行编辑精加工，错别字、语法、标点与细节，都一一斟酌过滤，务求没有错漏。每天晚上几乎都工作到 9 点左右。尽管《分界线》这部小说不可避免地打着那个时代的某些烙印，但这部长篇是作者走上文学之路的重要一步。张抗抗后来说："我是在写完长篇之后，才明白什么叫作长篇小说，没有老谢和老陈这么高水平而尽心尽责的编辑，我一个初学写作者，怎么能够在那么短的时间内完成艰难的修改？而那本书的版权页上，当时却连责任编辑的名字也不许印上的。"

像对待叶辛、张抗抗一样，老谢以他的热情与才气，在编辑岗位上培养出一长串作者。王安忆、赵丽宏、王小鹰、沈善增、彭瑞高、王周生、杨代藩、田永昌、季振邦、刘绪源、张重光、陆萍、姚忠礼、宗廷沼以及徐刚、汪雷等，他们最初的文学之步，都是在老谢的扶持下迈出的，他们最初的习作，都得到过老谢的具体指导。老谢宵衣旰食，为他们指点迷津，修改作品。许多人的稿件上，都留有老谢秀丽工整的笔迹。长时期内，老谢每天上班以后都是连续作业，除了午餐，中午休息时间也是在伏案工作，晚上和休息日还经常带着稿子回家加工。熟悉他的人说老谢除了工作还是工作，一直工作到生命的最后一刻。

1995 年冬，老谢已经退休几年，那些得到过老谢关心帮助的作者也都人到中年，大多在文坛上已有或大或小的名气，但他们未能忘怀老谢的培育提携之恩，在上海特意举行了一个别出心裁的答谢活动。活动的会场挂着红底金粉的横幅，上面写着"谢谢老谢"四个大字，表达了作者们的共同心声。这给老谢带来了很大的安慰，他表示要发挥余热，继续为文学事业尽力。他说到做到，退而不休，在倒下的前几分钟，还在"五月丛书"评选会上讲了一番激情洋溢的话。

到了 2010 年，老谢已经逝世十年，许多作者仍深深怀念他，遂于清明节结伴前往他的墓地祭奠。那天在老谢墓前，王安忆、叶辛、王小鹰等十多人献花、燃香、默哀、鞠躬，陆萍、姚忠礼、鲍正衷还伏地叩拜。王小鹰说，她本没有当作家的愿望，是老谢的鼓励与帮助，使她在黄山茶林场写了第一篇小说，从此走上创作的道路。叶辛说，是老谢手把手教导他写出第一部长篇，他永远记得最初叩响文学之门的那些日子。田永昌是在当兵时开始写诗的，是老谢深入到部队给予了支持，才使他顺利地走了下去。他说："没有谢泉铭老师，就没有我的今天。"王安忆的第一篇习作得到过老谢的肯定和指导，她说："师恩如山。"赵丽宏说："老谢在我们心里点燃了不熄的灯。"

这些感恩的话使我感动。我说我与老谢相处四十多年，觉得老谢是位出色的"为他人作嫁衣"的编辑家。他自己不是不能创作，而是把全部精力和心血用来为作者"作嫁衣"了。他完全没有那种"苦恨年年压金线"的怨艾情绪，而是以看到别人能穿上新"嫁衣"为乐、为荣。他无私地把自己的聪明才智融入作者的心血之中，促使一个个"丑小鸭"蜕变为"白天鹅"。当今的文学天空中一些"白天鹅"的璀璨，内中也闪着老谢这位编辑家的光彩。老谢是在"花中笑"啊。

祭奠后，修晓林同志准备将有关材料汇总，编一本"深情怀念谢泉铭"的书，也要我将发言写成文字。我在成文时，特意加上了我对这些作家感恩之心的感动。我说，尽管早已雨过天晴，这些在生活道路和文学道路上经历过磨难的知青一代作家，仍然不忘感恩。相对于时下一些作者和明星一旦羽毛渐丰，稍有名气，就趾高气扬，把原来帮助过自己的老师或编辑一脚踹了，呈忘恩负义之态，这些作家显露出不同的精神境界。雨果说，卑鄙小人是忘恩负义的，忘恩负义原本就是卑鄙的一部分。在老谢墓前表现出的，不是忘恩负义，而是知恩图报，是"滴水之恩，涌泉相报"式的人间美德。因此，我感动于老谢的奉献精神，也感动于祭奠者的感恩之心。据此，我将我的文章题目定为《祭奠谢泉铭有感》。

2019 年 12 月

黎汝清:《皖南事变》的突破

1986年秋，上海文艺出版社文学编辑张森前往南京组稿，拜访了军旅作家黎汝清。黎汝清长于写革命题材，《海岛女民兵》《万山红遍》等作品都红极一时。黎汝清说，他正在以皖南事变为题材写一部长篇小说，曾与解放军文艺出版社联系，但该社一直未作肯定答复，不知上海文艺出版社是否有兴趣出版。他还说，他关注这一题材已经二十余年，从各方面作了准备，并立下了一个“不历艰险，难见新奇”的高标。张森知道黎汝清16岁就加入党领导下的抗日部队，参加过济南、淮海、渡江战役，拥有丰富的革命经历，同时又具有表现革命风云的卓越文学才能，当即表示欢迎。随后，张森将此情况通过电话告诉我，我表示赞同。

是年12月，为促进长篇小说创作质量的提高，全国长篇小说座谈会在厦门召开，我于10日与周克芹、俞天白等同机抵达时，已有一批与会者先行到达，其中就有黎汝清。我俩在会上谈及他的《皖南事变》，都希望这部作品能给当时的长篇创作带来新的突破。我请他完稿后就把稿件寄给我们。1987年春，黎汝清告知《皖南事变》杀青，为了慎重，也为了便于与作者直接交流，张森再度去南京取来了稿件。稿件有六十多万字，张森集中精力进行审阅，很快看完后交给二审，随后我也看了一下。大家一致觉得这是一部结构恢宏、内容深邃的作品，具有史诗性，不仅突破了作者自己原有的创作水平，而且打破了当时军事小说、历史小说乃至整个长篇小说创作的某种胶结状态。自然，作品中还有需要进一步修改完善的地方，应当加速处理，力争早日出版。

我们请黎汝清到上海来改稿。他很快就来了，听了我们的意见后，他就在下榻的延安饭店关起门来改稿。其间，我与张森几次去看他。他对皖南事变的情况十分熟悉，可谓烂熟于心。多年来，他为准备这一创作，不仅查阅了大量的相关资料，包括当时尚未解密的档案，还进行了实地考察和多方面的采访。正是基于对生活、对历史的深入了解，加上娴熟的驾驭小说的能力，还有勇历“艰险”的胆识，使这部作品真实而卓越，具有斗争史诗和心灵史诗交融的特点。他参考了我们的意见，进一步完善了《皖南事变》的创作。

读他的修改稿，让人深深感到皖南事变这一革命悲剧的发生不是偶然的，它具有历史的、现实的、国际的、国内的、个人的种种因素。作者正是立足于这一复杂性，艺术地展现了这一悲剧。《皖南事变》揭示了造成这一历史悲剧的最根本的因素，即日寇和国民党顽固派亡我之心，同时也审视了我党我军内部的种种因素，特别是人的因素。这种创作视角的开拓与突破，大大深化了这一悲剧的内涵。看了《皖南事变》以后，读者会有一个感觉，项、叶之间的不和，以及他们各自的弱点，也是促成这场悲剧的原因之一。《皖南事变》就是这样从人与历史的纠缠中去表现这场“事变”，使这场历史悲剧深刻地融会了社会悲剧和性格悲剧的因子，内涵特别丰富。

责任编辑张森很快将《皖南事变》的书稿编好，随即交付排版。校样出来后，我们又请黎汝清来上海看校样。他仍住延安饭店，关起门来一心校读，仔细而认真。我社校对也加紧校阅，迅速将校样退厂开印，未几，《皖南事变》正式出版，赢得社会广泛的好评。我也写了一篇题为《论〈皖南事变〉在长篇创作上的突破》的书评，从革命悲剧、历史真实与艺术真实、人物塑造以及文体等方面，指出其“突破”所在。

黎汝清两次来沪，都是“关”在延安饭店，集中精力改稿阅稿，足不出户。第二次读好校样后，我对他说，你也该休息休息，我们陪你去逛逛上海如何？他说他在上海工作过，外滩、豫园等景点都去过，如果可能，他最想去拜见巴金。他说，与他同在南京军区创作室的作家，写过《柳堡的故事》的石言也正在上海，也有拜见巴金的想法。为满足他们的愿望，我请李济生同志去征询巴老的意见，得到巴老的同意后，一天上午，我陪同这两位军旅作家前往武康路巴老的住所。巴老在一楼客厅热情接待，交谈近一小时。走出巴府，黎汝清说，他从巴老的言谈中，受到一种文学精神的熏陶，这是他在上海最值得留恋和纪念的事。

2020 年 2 月

陆文夫：营造“苏州园林”

陆文夫的作品数量不算多，但抛出一篇是一篇。什么叫作“一步一个脚印”，陆文夫的创作作了很好的诠释。

陆文夫并非苏州人，但长期落户苏州，讲话明显带着苏州口音，节奏不疾不徐，笃笃悠悠，少有豪言壮语，话却实在独到。比方说，对“作品一篇要比一篇好”的流行说法，他虽心向往之，却老老实实表示，难以做到。他说，写作品不大可能节节高，不可能像造高楼那样，今天造座六层公房，明天造座十层公寓，后天造座三十二层带旋转餐厅的星级旅馆。这样说，并非他缺乏不断进取之心，相反，正如茅盾 1964 年在评论他的小说时所指出的：“他力求每一篇不踩着人家的脚印走，也不踩着自己上一篇脚印走。他努力要求在主题上，在表现方式上出奇制胜。”不过，他的一篇篇“出奇制胜”的作品，加起来也非“造高楼”，而是“造园林”：这篇是座假山，那篇是条溪流，此篇是个亭台，那篇是一楼阁。亭台楼阁，假山溪流，绝不重复雷同，各有各的特色，各有各的风姿，各有各的独立存在的价值，但很难说“亭台”定比“楼阁”高，“溪流”定比“假山”好，它们的作用，是共同组成一个多彩而统一的“园林”。

陆文夫蹲在苏州，“不疾不徐”地写着，其间虽有二十多年被迫搁笔，但他未灰心，也未浮躁，仍然“笃笃悠悠”地写着，过一段时间献出一篇作品，既非连珠炮式的连射，也非闷炮式的长期不响。他笔下的人物，大多是苏州的“小巷人物”，他的成名作就叫《小巷深处》。他营造的是座有个性有特色的“苏州园林”，《美食家》《小贩世家》《井》《幸福》《献身》《围墙》等篇什，都是这座园林中的精彩风景。这些“风景”的出现，几乎都赢得社会的喝彩，但它们都是中短篇小说，是园林中较小的风景。虽然这一亭、一阁、一巷、一木式的风景，是园林中所不可缺少的，诚如鲁迅所指出的，“在巍峨灿烂的巨大的纪念碑底的文学之旁，短篇小说也依然有着存在的充足的权利”，但作为一座完整统一的园林，最好是“巨细高低”，相互辉映。这就需要“纪念碑”式的主建筑、大风景，这就是长篇小说。陆文夫清楚地知道这一点。但他同时知道，创作长篇小说更需要长期的生活积累、思想酝酿和艺术准备。尽管他四次获得全国优秀中短篇小说奖，是当代作家中的佼佼者，他也没有急于求成，匆促上阵。80年代初，我们上海文艺出版社的老编辑张森就向他约写长篇小说，他答应写，但什么时候能够动笔，却要视准备情况而定。这样，一直到1995年，他开始写小说的四十二年之后，他的第一个长篇《人之窝》才成书问世。古话说“十年磨一剑”，陆文夫“不疾不徐”地经过长期磨炼，使得《人之窝》这把“剑”一出鞘就光芒夺目，如同他的中短篇小说一样，清淡而深远，幽默而隽永，富有浓浓的苏州味，为他营造的“苏州园林”增添了一种大的气象。1995年10月，在上海召开的《人之窝》讨论会上，与会者给予了很高的评价，赞扬作者“一步一个脚印”的执着精神。

“一步一个脚印”，看似是陆文夫“笃笃悠悠”地踩出来的，实际上，陆文夫是用了大力的。大家知道，陆文夫写过一篇颇有影响的杂文《快乐的死亡》。他说，作家有三种死法：一为自然的死，二为痛苦的死，三为快乐的死。他不害怕自然的死，因为人人不可避免。也不大害怕痛苦的死，因为那种时代已经过去。他最害怕的是快乐的死，不仅毫无痛苦，而且十分热闹，甚至还有点轰轰烈烈。试想快乐的死亡者，昨天看见他在大会上做报告，下面掌声如雷，今天又看见他参加宴会，为这为那频频举杯；昨天听见他在高朋中大发议论，语惊四座，今天又听见他在座谈会上重复昨天的意见。他们快乐地生活在杯觥交错、鲜花掌声之中，同时也就死亡在鲜花掌声、杯觥交错之中。陆文夫并不完全拒绝必要的社会活动，但他有选择，有“度”。他高度警惕“快乐的死亡”，不让时间与精力无谓地浪费。90年代初，我与张森到苏州看他，他舍弃了一次出访机会，在家苦学电脑，一天要练七八个小时。其时他已年过花甲，真可谓“壮心不已”。此后不久，他就运用电脑写作了，这在中国作家群中还是比较早的。他写作并非像某些作者那样一味追求产量，以至于像开了水龙头一样一刻不停地在那里制造“水货”，而是长期酝酿，反复推敲，袖手于前，疾书于后，务求每一部作品都留下“脚印”。创作36万字的《人之窝》，他是“衣带渐宽终不悔，为伊消得人憔悴”。写到最后几万字，他病了。肺气肿弄得他坐卧不宁，浑身乏力。他下决心改了自己多年嗜烟嗜酒的习惯，使《人之窝》得以终篇，虽然结尾部分仍显示出气力的不济。在《人之窝》讨论会后的饭桌上，人们向他敬酒，陆文夫则以茶代酒作答，始终未碰一点他心爱的杯中物。这在他也是一种极大的克制。他不无伤感地说，他除了喜爱烟酒外，别无所嗜，现在连烟酒也戒了，就没有什么生活享受了。他夫人对他说，看看有什么可“享受”的，就买点“享受”吧，否则，就来不及了。

今年以来，陆文夫的身体明显好转。6月，《中篇小说选刊》在福州举办创刊十五周年活动，陆文夫的《享福》也在那里获奖。（《享福》在上海也获过奖，有评委称赞其文字严谨，以至于难以增删一字。）吃饭时，我发觉他又开酒戒了，也许是由于人不能完全没有一点自己的嗜好吧。但他仍很克制，喝得不多。尽管最后酒瓶里还有半瓶酒，他也坚决封瓶了。席间，谈起他的《人之窝》在最近第三届上海市长中篇小说评选中荣获三等奖，有人为他“打抱不平”，说获奖等次还应该高些。陆文夫接着话说：“能获奖就不错了。《人之窝》本还可以写得好些。”陆文夫始终是清醒的。

饭后闲谈，话及“文以载道”与“文以载人”的关系，他还是强调他在上海召开的《人之窝》讨论会上讲的看法：小说是为小人物立传的。他说，人类的“正史”几乎都是帝王将相的历史，是大人物的历史，市井细民、寒儒穷医、贩夫走卒、引车卖浆者之流，是难以进入正史的。然而，历史并非只是少数大人物的创造，小人物对历史的贡献也不可忽视。正好，作为“雕虫小技”的小说弥补了这一缺陷，使得历史上不见经传的平民百姓不至于灰飞烟灭。绍兴不仅有大禹陵，有兰亭，有秋瑾，还有阿 Q 的土谷祠、孔乙己的老酒店，历史才算公平。我们可以看到陆文夫这方面的努力也已取得重大成果，苏州在当今人们的心中，不但有阖闾墓，有拙政园，有唐伯虎，也有平民的许家大院，有美食家朱自治。陆文夫在苏州的土地上孜孜矻矻、“一步一个脚印”地营造的艺术的“苏州园林”，已大体显出它的面貌。有人依此称陆文夫为“陆苏州”，也不为过。

1996 年 7 月

鲁彦周：“樱榴居主”的心境

作家鲁彦周，文品人品俱佳。2006 年 11 月 26 日，他驾鹤西去，其时，我正因肾病住院开刀，辗转病榻，未能前往送行，深以为憾。后接他夫人张嘉与公子鲁书潮的信，谓拟编辑出版一本《怀念鲁彦周》纪念集，嘱我写一点文字。这些天，我又进入对亦师亦友的彦周兄的深情怀念之中。

我长期从事文学编辑工作，与不少作家有过交往。编辑与作家的关系，“初级阶段”是一种公事公办的关系，你约稿，我交稿。相互联系的纽带，就是这种约稿、交稿的“公事”。“公事”完了，纽带也就断了。进一步的，是能在这种“公事公办”的基础上，发展一种友情、友谊。相互不仅谈稿子，而且谈人生，谈社会，谈创作，谈家事，谈文人的喜怒哀乐。尽管编辑与作者的职责与作用有异，但他们的共同使命是在文化领域孕育新的“生命”，为人间增色添彩。他们犹如鸟之双翼，车之双轮，相辅相成，因而应是相互尊重，相互支持。大家既应是“一条战壕的战友”，也应是相濡以沫、心心相印的朋友。

在我的编辑生涯中，与作家成为要好朋友的，彦周是其中一位。这并非因为他与我是同乡，都是安徽人，而是由于他的观点、志趣与我大致相同，且他为人热情真挚，坦率随和，没有某些人的那种“作家架子”，易于相处相交。20世纪80年代初，我与左泥先生到合肥组稿，住在稻香楼宾馆。这是一座园林式宾馆，在合肥的“地位”，类似于北京的“钓鱼台”与上海的“西郊”，过去主要用来接待国内外高级领导人。毛泽东同志于60年代初到合肥视察，就曾下榻这里。改革开放后，它也开始对外开放，当时，鲁彦周因创作《天云山传奇》的小说与电影剧本而蜚声文坛。安徽本来有两座名山——黄山和九华山，《天云山传奇》一出，在不少人的嘴里，安徽的名山加上了“天云山”，变成了三座。其时，一个全国性的电影评选活动正在稻香楼举行，鲁彦周担任评委，也住在稻香楼里。我们到合肥的第一天，还没来得及拜访他，他听说我们来了，当晚就抽空到我们住的楼房来看望。我与他乡音未改，一见如故。我们从当时的政治形势、文艺状况，一直谈到他家乡的巢湖与我家乡的吴敬梓纪念馆，然后又谈起在安徽农村兴起的生产责任制的情况。鲁彦周出身农村，又在农村工作过，熟悉当时农村贫困落后的状况与农民强烈要求改革的呼声。他说，围绕着实行生产责任制的斗争相当激烈，他想就此写一部长篇小说。我们知道鲁彦周是一个善于从现实斗争中汲取诗情的作家，这样的题材是他的所长，也是我们出版社所热切期盼的，可谓不谋而合，当即“拍板成交”。一年以后，定名为《彩虹坪》的长篇脱稿。我主编的《小说界》于1983年第1期将其全文发表，随后，上海文艺出版社又将其列入“小说界文库”，作为重点作品出版，在社会上引起很大反响，被称为“改革题材文学的一道彩虹”。

1992 年，他的又一部长篇小说《阴阳关的阴阳梦》问世。对擅长现实主义创作方法的鲁彦周来说，这部作品带有“变法”的味道。它融合了现代主义的一些表现手法，生动地展现了一幅资产阶级民主革命遭受挫败的悲凄图景。1993 年，安徽省作家协会为这部作品举行研讨会，邀请我与责任编辑张森参加。那天飞机误点，我们飞抵合肥机场时已经是深夜 11 点多。不知怎的，机场的工作人员都已下班，机场的大门紧锁着。我们下了飞机，却出不了机场。透过门缝，只见鲁彦周在外面热情地向我们招手。我们怕他久等，也打算像一些青年旅客一样，爬墙头出去。鲁彦周连连摇手劝阻，说要注意安全。20 分钟后，始有人来开门。鲁彦周陪我们住进旅馆，已经是翌日的凌晨了。为接我们，鲁彦周在机场等了两个多小时。我们过意不去，说实在不必由他这位年过花甲的主人深夜亲自来接。他说，“有朋自远方来，不亦乐乎”，应该，应该。

大约是 1995 年，又一个暮春季节，安徽《警探》杂志举办笔会，委托鲁彦周在全国邀请一批作家，我也忝列其间。这次笔会，从合肥到九华山到黄山，在安徽转了一个大圈子。鲁彦周患肺气肿，严重时多走几步路、登几节楼梯，就喘气不止。为了健康，他戒掉了抽了几十年的香烟和喝了几十年的老酒，肺气肿有所好转，但未根除。为了恪尽朋友之道，他全程陪着大家。途中，他虽然注意尽可能地少爬坡，但也不能完全不爬，往往扶杖在后缓缓而行。他见我走路尚健，遂问锻炼之道，我说我住高楼十一层，基本是不乘电梯，上下走楼梯。他表示羡慕，但因气喘，难以“学习”。他走不行，却擅长讲。会前会后，不是和李国文、邵燕祥、叶楠、李晓燕等品茗谈天，就是与张炜、丛维熙、赵长天、林白等喝茶说地。旅行途中，又不断向大家介绍安徽风土人情，伴以睿智的分析。记得在参观歙县牌坊群和黟县古民居时，他说，徽州的建筑是很富特色的，是一项重要的文化遗产，但是，徽州的房屋大都是封闭式的，用高高的风火墙把自己和外界隔开。贞节牌坊之多，也是其他地区少见的。从中不难看出，徽州历史上有强大的徽商，为什么长期以来却是一个十分闭塞的社会。这次笔会大家开得很愉快，很有收获，一个重要原因，是有鲁彦周这一“黏合剂”。

1997 年盛夏，我们上海文艺出版社决定向大别山区捐建一所希望小学。为落实此事，我与郑宗培、陈建生同志前往安徽。途经合肥，又住稻香楼。鲁彦周闻知此事，当晚即来看我们。他说，他曾在大别山区担任过公社党委书记，对我们要去的岳西县也很熟悉。他的《阴阳关的阴阳梦》中不少内容，就是取材于岳西的。作品中写到那里的痴呆人较多，究其原因，除水质缺碘外，就是由于封闭落后。一些儿童在成长过程中无人照料，整天被固定在一个地方，面对空旷的深山老林，没有社会交流，造成智力的迟钝。如今缺碘问题已基本解决，封闭落后问题依然存在。岳西县至今仍是一个重点贫困县，与人口素质不高，特别是有相当数量的痴呆人有关。它亟须加强经济文化的发展，加强与外界的沟通。鲁彦周说，上海文艺出版社在那里捐建希望小学，不仅直接促进了教育事业的发展，而且有利于这个革命老区拓展与外界的联系。要不是他即将去西北访问，他真想陪我一道下去落实这件有意义的事。他的谈话中蕴含着一股涓涓之情，既是对我们出版社的，也是对大别山区人民的。受着他这一思路的启发，后来我们应岳西县的要求，积极敦请巴金大师为这所希望小学题名，以引起人们对岳西的关注。

世纪之交的几年，鲁彦周也多次到上海，或公干，开会办事，或探亲，经此去美探望女儿，我们都见了面。2002 年，鲁书潮与爱人王丽萍已调至上海工作，在上海立了根，并且买了住房，鲁彦周、张嘉夫妇特来看望。恰好，其时在上海作协的资料室里，有人发现了鲁彦周于 1950 年写的处女作《丹凤》小说手稿，上海作协热情地将这一珍贵资料归还于他。一天晚上，我们在徐家汇附近的一家面馆小聚，他兴致盎然地谈了他当年走上文学道路的艰辛与快乐。

他回合肥后，基于"朋好自相望"的情愫，我们心中时常挂念着对方，除有时电话问好外，还不时书信来往。他的字飘逸灵动，来函都是用毛笔直行写在老式的信纸上，较时下用圆珠笔写的书信多了美感和文化气。我没有保存书信的习惯，许多作者给我的信都散失了，现在保留下来不多的几封，其中竟有两封是鲁彦周写来的。信分别写于 1996 年 10 月与 1997 年 11 月，除交流一些文学看法外，还谈及他在我社出版的散文集《正堪回首》。他原先嘱我为此书作序，我未应命，而是在此书出版后写了一文评介，他看后在信中表示鼓励："文章写得认真细致，感情充沛。"同时，觉得"责任编辑王律祥先生做事很负责，书出得不错，在此一并致谢"。他邀请我便中再去老家安徽走走，到合肥看看。

提到合肥，我就想到他家中的那个小院。这个小院虽然紧靠合肥市区的一条交通干道，但由于花木扶疏，浓绿一片，自成一个幽深静谧的世界。据说，搬进去时，院里只有两棵树，由于他和张嘉的栽培耕植，后来院内有了石榴、樱桃、枇杷、香椿、樱花、栀子、柿子、葡萄、芭蕉、三角梅以及金银花、爬墙虎等树木花草。鲁彦周夫妇为了种植这些花木，真可谓"鞠躬尽瘁"。有一年，他夫妇俩到深圳创作之家休养，爱上了深圳市花勒杜鹃（三角梅），很想移植两株回来。尽管有人说北方气候不适合它生长，有人说要经过海南、广州回合肥，十几天的路程带着诸多不便，但由于爱之深，他俩力排众议，一路上细心照料两株花苗，终于成功了。我曾两次徜徉在这个小院里。鲁彦周说，他每天面对这片绿荫写作，而张嘉则面对这片绿荫绘画，心旷神怡，特别宁静美好。他们把这一院居命名为"樱榴居"。古诗云："榴花满地风帘静"，"两株榴火发诗愁"，又云："何处哀筝随急管，樱花永巷垂杨岸。"鲁彦周以"樱榴居主"自称，也许是表现了他对于平和宁静而又饱含诗情文思的生活意境的追求。

从我的接触中，我觉得鲁彦周的心境确是越来越像他院中那片浓绿那样平和宁静，文坛上流动的那些世俗的浮躁离他是越来越远。同时，他并没有放弃文学上的追求，他的思索在宁静的心态中更加深入了。人民文学出版社陆续出版了一套"中国当代作家选集丛书”，其中一本为《鲁彦周》，鲁彦周为此写了自序。他送了我一本。他在自序中说，对于为什么写小说的问题，他在“文革”前的回答是：为革命而写，“文革”后重新拿起笔后的回答是：有一种使命感，如今的回答则是：表达对生活的感受和对美的追求。这并非否定文以载道。他不赞成玩文学，甚至也不苟同为艺术而艺术。文学作品是有思想的人创造出来的，孕育着思想。但是，他反思自己的作品，不是缺少使命感，而是使命感太重了，超负荷的重量使文学难以负担，反而挤压了文学。因此，他一直追求在探索中进行蜕变，摆脱过重的非文学的负担，在他所坚持的开放的现实主义道路上，努力达到有思想的艺术境界，达到内容与形式的和谐统一，形成一种属于他自己而不似其他人的风格。

这并非空洞的宣言，而是配以踏踏实实的实践。在他生命的最后几年，尽管身体日益衰老，满头苍苍白发，思想却仍保持着“乘云气，御飞龙，而游乎四海之外”的青春活力，《双凤楼》《正堪回首》等作品不断问世。2005 年，他辞世的前一年，还推出长篇力作《梨花似雪》，引起文坛的惊喜。“樱榴居主”鲁彦周宝刀始终未老，他在宁静平和而又孜孜不倦的追求中，走向浑然天成的大气。

2007 年 4 月

扎拉嘎胡：为“蒙古族曹雪芹”立传

1997 年 7 月，内蒙古自治区成立五十周年的大好日子，我与修晓林应内蒙古作协之邀，前往内蒙古访问。那天，飞抵呼和浩特时已经很晚了。事先得知副主席冯苓植要到机场接机，想不到主席扎拉嘎胡也来了。

我与扎拉嘎胡神交已久，但从未谋面。他是蒙古族一位代表性作家，他的第一部短篇小说集《小白马的故事》，是 1957 年由我们出版社出版的。当时，我们出版社名为新文艺出版社，集中出版了一批崭露头角、才华出众的年轻作者的作品集，如陆文夫的《荣誉》、刘绍棠的《青枝绿叶》、陈登科的《杜大嫂》、王安友的《追肥》、阿章的《海上来客》、南丁的《检验工叶英》、房树民的《诞生》、郑秉谦的《柳金刀和他的妻子》等。这些作者都是新中国培养的第一代作家，大多出席过 1956 年全国青年文学创作会议，扎拉嘎胡是其中之一。扎拉嘎胡在“文革”中受到冲击。尽管如此，他对文学事业的挚爱，“虽九死而不悔”，在艰难的条件下，创作了《红路》《草原雾》等作品，第一次以长幅的画卷反映蒙古族知识分子和第一代蒙古族钢铁职工的生活，开拓了当代少数民族长篇小说的题材。1984 年出版的《嘎达梅林传奇》，艺术地再现了蒙古族英雄嘎达梅林的形象，具有史诗性。

我是第一次到内蒙古，除了想看看“天苍苍，野茫茫，风吹草低见牛羊”的土地，就是想结识一些作者。扎拉嘎胡自然是我首先想拜见的。当晚，一踏上内蒙古的土地就见到他，令我喜出望外。他与冯苓植一起亲自为我们安排好食宿，第二天开始，又陪同我们先后在呼和浩特市、包头市以及“黄河北，阴山南，八百里河套米粮川”的巴彦淖尔盟参观采风。

七八天的朝夕相处，让我感到他不仅为人热情，而且宽厚朴实。他虽是内蒙古作协主席，又担任过内蒙古自治区党委宣传部副部长，却没有一点“官”的架子和作家的架子，而是平易近人，平等待人。在习惯于以官位相称的今天，多数人还是喊他“老扎”。他并不善于辞令，话语不多，但由于与人以诚相处，极易赢得对方的心。我就是这样与他一见如故的。

途中，他谈到正在创作一部题为《尹湛纳希》的长篇小说。尹湛纳希是成吉思汗第二十八代嫡孙，忽必烈的后裔，生于1837年，即鸦片战争爆发前三年。他的父亲是著名的爱国将领，曾统率本旗的蒙古兵在渤海海防前线的抗英斗争中立下战功，同时，精通蒙汉民族文化。尹湛纳希继承父脉，文武双全。他将《红楼梦》《中庸》《纲鉴通目》译成蒙文，写了《一层楼》《泣红亭》《红云泪》等长篇小说，并续写了他父亲未完成的《青史演义》，开创了蒙古族长篇小说的先河。尹湛纳希1892年凄凉地客死他乡。扎拉嘎胡为了给这位“蒙古族曹雪芹”立传，已经用了几年时间，到尹湛纳希的故乡和周围地区进行调查，并阅读了大量有关资料。

尹湛纳希的名字，对我而言并不陌生。1963年，内蒙古人民出版社出版过他的《一层楼》汉译本。当时读后的印象是，它的内容与风格接近《红楼梦》，但并非简单地模仿，而是如此书的序中所指出的，“敛彼等之芳魂，述吾心之蒙念”。全书浸润着民族民主主义思想，对清末封建社会的黑暗现实多有揭露批判。它是我国蒙古族文学离开民间传说和对历史故事的依附，以当前的社会现实生活为题材，由个人创作而成的第一部现实主义长篇小说。不过，我对作者“皇子皇孙”的身世以及与曹雪芹一样“热热闹闹地来到人间，凄凄惨惨地离开人世”的经历，是不知道的。听老扎一说，我很感兴趣，当即表示欢迎他写好后，交付我们出版。

此后，老扎就一头扑在电脑前，将他满腔的热情与想象，一一敲打出来。“新诗改罢自长吟”，几次修改，几经反复，可说是“为伊消得人憔悴”。老扎说：“在创作中，别人只需用一分力量，我恐怕得用二分或三分力量。”他自谦为“笨鸟先飞”，作品就这样下苦功“飞”出来了。

当我读到《黄金家族的毁灭》这部文稿时，脑海中突然浮现出一句话——文如其人。这句话并非绝对真理，但用在老扎身上，却十分贴切。前面说过，他为人热情敦厚，朴实真诚，其文则是感情真挚而表达自然，文字朴素而内涵深厚。他作品中少有那种“铺锦列绣，雕缋满眼”的浮华描写，更无扭捏作态、无病呻吟的矫揉造作，而是“以自然之眼观物，以自然之舌言情”，素朴，自然，实在，透露出一种“却嫌脂粉污颜色，淡扫蛾眉朝至尊”的风韵。

老扎希望我为此书写序。我花了一些时间进行研读，从思想、艺术、语言、风格等方面进行了分析，我说，这一作品富有浓郁的悲剧色彩和鲜明的民族风格。写尹湛纳希的《黄金家族的毁灭》，与尹湛纳希写的《一层楼》一样，既是蒙古族文学的奇葩，也是中国文学的可圈可点之作。序长七八千字，最后我写道，老扎曾经这样说过自己的创作："我在草原上，撒下了一颗又一颗种子，长出来的却是一棵又一棵的灌木。可我总想种出乔木呀，哪怕是一棵呢！"我说，扎拉嘎胡同志，《黄金家族的毁灭》就是一株乔木。此书于 1999 年 10 月作为庆祝中华人民共和国成立五十周年优秀图书在上海出版，11 月在北京专门举行了研讨会，中国作协的翟泰丰、王巨才、张锲、陈建功、高洪波、吉狄马加、金坚范等领导与专家参加了会议。与会者对此书一致作了高度评价，张锲同志还对我们出版社表示感激，认为出版社卓有成效地促进了少数民族文学的"一株乔木"的生成。2001 年，《黄金家族的毁灭》在台湾地区出版，被当地学者誉为"内蒙古在清朝末叶阶段性的沧桑史"。老扎收到样书后立即送了我一本，并在扉页上写下"赠为此书增光添彩的好友曾培同志"。随后，他应邀访问台湾，回来时途经上海，特地带来一套竹制的杯托送我，成为我的所爱，既因为它工艺精细，设计美观，更由于它包含着浓浓友情。

2006 年 2 月，中国作家协会全委会在上海召开。2 月 26 日上午，我到作家们下榻的锦江饭店，看望来沪参加会议的扎拉嘎胡、冯苓植以及中国作协主席团委员阿尔泰。他们热情地谈起上海给他们留下的美好印象。这一"美好印象"，指的并不是上海的物质文明建设，上海的经济发展与市容面貌的巨大变化当然给了他们美好印象，但是，最令他们感动的，却是他们亲历的两件小事中透露出的上海人的服务热情和文明素质。25 日清晨，中国作协会务组组织与会人员前往浦东参观，并乘坐磁悬浮列车。阿、扎两位因记错发车时间，迟到了半小时，车已经开走了。他俩正为失去这一观光机会而惋惜自责时，有位同志见到他俩胸佩会议出席证，就主动问他们是否误车了。当得到他俩肯定的答复后，就安慰他俩不要着急，随即安排一辆小车，将他俩送到参观地点。他俩一直对此感动不已。阿尔泰说，上海的服务主动周到，使人如沐春风。扎拉嘎胡说，还有一件事也让他“念念不忘”。2005 年，他参加“西部作家东部行”活动，到了上海，住在宝钢宾馆，回呼和浩特那天，本应在浦东机场上飞机，却乘车到了虹桥机场，这时再奔浦东机场已来不及了。无奈之下，找机场服务处商量，请求帮助。机场工作人员在看了他的证件后，当即在虹桥机场的一个航班上为他调换了一张机票，使他未受到任何波折，仍在当天回到了家。扎拉嘎胡说，他两次来上海，都是“文明伴我行”。我随即以此为题，在《解放日报》上写了一篇文章，愿上海更好地“与文明同行”，“让生活更美好”。当天中午，我与修晓林、魏心宏在瑞金宾馆请他们三人吃饭，友情拳拳，相谈甚欢。此后，我与扎拉嘎胡虽地处东西两端，见面机会较少，仍赖以电话书信相互联系，为晚年生活增添温馨。

2015 年 11 月

邹嘉骊：循着父亲韬奋的足迹

邹韬奋先生的女儿邹嘉骊1984年离休后，“离”而未“休”，一直为搜集、整理韬奋的遗著而作着不懈的努力。率先出版了《韬奋著译系年目录》，随后编了纪念集《忆韬奋》《韬奋全集》《韬奋年谱》《韬奋年谱长篇》《别样的家书：宋庆龄沈粹缜往来书信集》等，其中《韬奋全集》十四卷，八百万字，规模宏大，凝结了嘉骊与韬奋纪念馆、韬奋基金会的“韬奋著作编辑部”同仁们十年的辛勤劳作。《韬奋年谱》上中下三册，一百四十万字，同样是浩大的出版工程。嘉骊宵衣旰食，埋头苦干，也用了十年时间才得以完成。

有人可能以为，整理出版前人的遗作，作品是现成的，“拿到篮里就是菜”，不会太吃力，实则不然。“菜”，虽然有的是明摆着的，有的却“踏破铁鞋无觅处”。韬奋的文章多写于20世纪三四十年代，在上海、香港、重庆等地多家报刊发表，是投向日本帝国主义和国内反动派的投枪和匕首。为了躲避当时的文网检查，他的署名经常变换，有的文章则不署名。现在要把它们一一收“全”，就要以大海捞针的精神，广泛而细致地进行查找。

有同志告诉嘉骊，孤岛时期的《上海周报》上有韬奋的文章。嘉骊想，当时国民党反动派发动了第二次反共高潮，制造了皖南事变，重庆等地的生活书店五十几个分支店遭到查封，几十位工作人员被捕，那段时间韬奋由重庆秘密出走香港，根本不在上海，怎么会在这个刊物上发表文章呢？她对这一线索没有轻易相信，也没有轻率放弃，而是以严谨踏实的态度深入进行调查。她到徐家汇藏书楼查阅了全份 102 期的《上海周报》，结果在 1941 年 4 月 26 日第三卷第十八期上，看到韬奋离开重庆前写的最后一篇文章《舆论的力量》。原来，此文在重庆被国民党的审查老爷扣压扼杀，后在新加坡的《南洋商报》上发表，被《上海周报》转载了。

如果说，这些虽然被淹没但曾公开发表过的文字总还是有迹可寻，那么那些根本没有发表就被“枪毙”的文章，则更是难以寻觅了。韬奋写过一组文章，由于国民党的图书杂志审查官批以“免登”“扣留”，不准刊用并扣下原稿，这组文字从此就没留痕迹地消失了。但《全集》宜“全”，不宜缺了它们。嘉骊开动脑筋，想到去查国民党的有关档案。她与韬奋纪念馆的几位年轻同志一起，直奔南京的中国第二历史档案馆，不辞辛苦地翻阅了有关档案，虽经波折，终于找到了原件，经鉴别，确是韬奋的真迹。这真是“皇天不负有心人”。

在编撰《韬奋年谱》的过程中，嘉骊是更加用心用力了。由于韬奋一生没有记过日记，这部年谱不但要“编”，而且要“撰”，“撰”又必须反映真实情况，不可有伪，这就需要多方收集有关资料，并细加甄别，去伪存真，去芜存菁。为此，她特意阅读了一些当年与韬奋有密切来往的人士的日记，借此更多地了解父亲的人生思想轨迹。她在北京的中国社会科学院近代史研究所查阅黄炎培日记，与二嫂朱中英一起花了近十天的时间，一边读，一边抄，收获的喜悦抵消了连续作战的疲劳。

由此可见，认真整理前人的遗作，绝不是所谓“剪刀加糨糊”那么简单，它既要深入广泛地收集材料，又要认真分析甄别资料，还要精心进行编辑注释，规范出书体例，写好前言后记。既要脚踏实地，耐得住寂寞，埋头苦干，又要高屋建瓴，观点鲜明，取舍得当。嘉骊在收集编辑父亲遗著的过程中，正表现出了一个优秀编辑家的风范。近日，她出版了《我的文字生涯——循着父亲韬奋的足迹》一书，集中写了她系统整理父亲遗作的情况，情满于纸，生动而睿智，可读而耐读。

在《我的文字生涯》中，嘉骊说，她之所以能在离休后三十多年的岁月中不顾多病之躯，埋首于资料堆里爬剔梳理，不断克服困难，耐心而又细心地为收集整理先父遗著而努力，是为了让全社会更好地保存和发扬韬奋精神，同时韬奋的临终遗言“不要怕”也激励她在困难中不畏惧，不退缩。现在看来，《韬奋全集》等系列著作的编辑出版，在使全社会更好地了解韬奋、认识韬奋、学习韬奋的同时，也使嘉骊更好地走近父亲，更好地循着父亲的足迹前行。

嘉骊与学工程、气象的两位哥哥不同，从小就爱好文学。韬奋在临终遗言中特别提及，要注重对孩子的教育培养。嘉骊成年后即进入出版部门工作，读书、卖书、校书、编书，像她父亲一样，一生都在用笔为人民服务，为社会造福。我于 20 世纪 70 年代初调入上海人民出版社，与她成了同事。我曾和她一起到四川绵阳，与作家克非商谈长篇小说《春潮急》的修改问题。这部长篇小说于“文革”前就写成了初稿，邹嘉骊当时已与作者初步敲定出版协议，“文革”开始后，出书活动基本停止，与克非的联系也就中止了。1972年后，出版业务逐步恢复，我们遂与克非联系，当克非知道书稿仍由嘉骊做责任编辑时，十分高兴，他说她为人热情和蔼，工作仔细认真。该作品泥土气息浓郁，以诙谐幽默的语言，生动地勾勒了川西北农村在新中国初期的变革图。小说于1974年4月出版，深受读者欢迎。这部作品虽然成书于“文革”中，不可避免地打上了那个时代的印记，但与那些政治图解的小说不同，保持了文学应有的创作个性，它后来被文学史家称为“是十年浩劫中多少可以填补这段空白的难得之作”。嘉骊在这当中是有贡献的。随后，她还责编了一些佳作名著，包括巴金的《寒夜》。嘉骊继承了作为出版大家的父亲的优良传统，编辑工作中时有可圈可点之处。而离休后三十年间推出的韬奋遗作，系统、完整、准确，更是做了前人所未做，高扬了极为珍贵的韬奋精神，可谓“卅年辛苦不寻常”。

东汉著名文学家蔡邕创作了四百多首诗歌，但由于战乱连年，原稿没能留传下来。他的女儿蔡文姬是位才女，不幸为匈奴所掳，曹操爱其才，将她赎回。文姬归汉后，凭着记忆，把父亲亲口教她的四百多首作品记录下来，使之得以流传后世。我读《我的文字生涯》时，脑海中突然有个联想，觉得嘉骊与韬奋的父女关系，在相当程度上，类似文姬与蔡邕的父女关系，都是女儿在父亲精神的哺育下茁壮成才，而女儿又为保存传播父亲的遗著和精神遗产作出了独特的贡献。嘉骊将她的新著赠我时，说希望我读后谈点感想，我要说，我读后的第一个感想，就是把这两对相隔近两千年的父女联系到了一起。

2020 年 8 月

李国文：“别墅”与“危楼”

20 世纪 80 年代新时期文学的勃兴，有两支队伍为其主要支撑：一是知青作家，一是“五七”作家。所谓“五七”作家，指那些在 1957 年被错误划为“右派”的作者，他们当时都是富有才华的年轻人，被“打入另册”后失去写作的权利，粉碎“四人帮”后，拨乱反正，对他们不公正的处分陆续得到改正。上海文艺出版社于 1979 年出版了一本书，选收了十七位作家当年被视为“毒草”的代表性作品，冠名为《重放的鲜花》，其中有王蒙的《组织部新来的青年人》、李国文的《改选》、陆文夫的《小巷深处》、邓友梅的《在悬崖上》、刘绍棠的《西苑草》、宗璞的《红豆》、流沙河的《草木篇》，等等。由于当时“两个凡是”思潮还在，政治气候“乍暖还寒”，此书的出版为这些作品和作者正名，推进了当时文化出版界的思想解放与拨乱反正，也激发了这些作者较快地重新拿起笔的勇气与激情。

在编选《重放的鲜花》的过程中，责任编辑左泥与入选作品的作者一一联系。一些已经平反并从下放劳动地方调回原单位的作者很快就联系上了，而有的作者只摘帽不平反，仍留在原地工作，有的更是不知下落。《改选》的作者李国文就是通过多方了解才联系上的。李国文得知他被打成“毒草”的作品变成了“鲜花”而“重放”，兴奋而激动，犹如他后来获得首届茅盾文学奖的长篇小说的书名一样，是遇上了“冬天里的春天”。他要在“春天”里把多年来积蓄的生活感悟与思索，用笔表现出来，迅速投入新的创作中。

1980年秋，为适应新时期文学的快速发展，上海文艺出版社决定创办大型文学期刊《小说界》，我负责刊物的筹建，于次年5月创刊。为加强与作者的联系，我们于1981年秋在上海举行了一次笔会，邀请全国二十多位作家参加，其中知青作家与“五七”作家占相当比例，李国文也受邀到会。我和他一见如故。他长我3岁，说话带南京口音。中华人民共和国成立之前的几年，他在南京读戏剧专科，我在南京读高中，对当地风物都有着相同的眷恋。我们对社会、人生、文学的看法，也多“心心相印”，很快越过编辑和作者“公事公办”的关系，成为朋友。我请他到我家便饭，他欣然同意，说正要看看上海人的居住条件。当时，我住淮海中路1285弄，是一条花园里弄，内有七十多幢三层楼的小洋房，弄名“上方花园”。他顾名思义，以为我的居住条件不错，但去了一看，说也是“驴屎蛋子表面光”。原来，这些钢窗蜡地的小洋房，先前都是一家一户住的，而当时我住的那幢竟有了“七十二家房客”。底楼四间房，一客厅，一餐厅，一汽车间，一用人间，分别住了四家。我虽然住在较大的餐厅里，面积也只有30平方米，中间用一排木板隔着，木板两边分别住着我夫妇俩和两个小孩。睡觉、吃饭、阅读、写作、会客，都在这里。李国文笑着说，这是多功能厅，看来改善居住条件也是上海的迫切课题。我说，你是来做社会调查的？他笑而不语。

李国文创作勤奋而又精益求精，在20世纪80年代，他的小说创作呈井喷状。除长篇小说《冬天里的春天》于1982年获首届茅盾文学奖外，还有多篇中短篇小说获全国性大奖。1983年年初，我到北京开会，曾去他家中拜访。其时，他从南方治疗鼻炎回来不久，床头柜上还放着需要继续服用的药物。那几天，与他同过患难、在坎坷岁月中给了他很大支持的妻子又生病住院，使他的生活与精神都受到干扰，然而，他仍然抓紧时间进行笔耕。在我进入他那间清洁、宁静、弥漫着文化气息的书房之前，他还面对着一沓稿纸，凝神默想，为即将完成的长篇小说《花园街五号》作最后的加工润色。此作通过花园街五号一幢花园别墅主人的更替，展现"时代的兴衰，尘世的沧桑，家庭的嬗变"，重点描写了围绕经济改革中选择接班人问题所展开的矛盾斗争，深刻揭示了改革的历史必然性。此作的角度、结构、内涵、文采均佳，既有可读性，也富可思性。1983年发表后，即由长春电影制片厂改编为同名电影，影响广泛。李国文来信问我的看法，我特意用回信方式写了一文，说它是"一座漂亮的文学'建筑'"。

随后，他又倾心创作了《危楼记事》，通过九个中短篇的有机连缀，描写了一座危楼中的居民在"文革"中"内外折腾，鸡争鹅斗"的种种现象，以幽默风趣的笔触，"将无价值的撕破给人看"。在某种意义上，他把"危楼"作为"文革"的一种象征。他对"危楼"的回顾，不是为揭露疮疤而自娱，而是为了吸取教训，作为警钟，让人们居安思危。张扬危机意识，正是为了进一步推进与发展前述那幢"花园洋房"中的改革意识、变革精神。两者在精神上是贯通的。我在信中对他说,《危楼记事》的回头一看,是“回眸一笑百媚生”。“危楼”和“花园街五号”一样,是漂亮的文学“建筑”。

20 世纪 90 年代以后,李国文的小说创作少了,主要精力转向写历史题材的杂文随笔。之所以如此,按他的话说,是因为小说是形象的东西,年轻人想象力丰富,人老了,写小说写不过人家,就不要写了。实际上,这只是一方面。另一方面,还由于李国文博览群书,学识渊博,杂散文更利于表达他的思想与识见。他一转向,随笔散文就频频见诸各类报刊,数量之多、题材之广、质量之精,令人惊叹,以专题结集出版的就有《楼外谈红》《中国文人的活法》《李国文说唐》《文人遭遇皇帝》以及《李国文新评〈三国演义〉》等多种。这些作品多以历史为题材,神游千古,放眼时代,慷慨笑骂,生动好读,发人深思,受到广泛好评。其中《大雅村言》获鲁迅文学奖,《中国文人的非正常死亡》获“年度散文家奖”。有评论家认为“他是当代将学识、性情和见解统一得最好的散文家之一,颇有法国作家蒙田之风”。我以为,他这一转向更加发挥了他的长处,他是明智的。

2009 年春,我与徐如麒同志应上海外语教育出版社之邀,编选《英译中国当代优秀散文选》,拟将李国文的《大师太忙》一文选入。写信征求他的意见,他当即回信表示:“一、谢谢。二、同意。”没想到,此书的译者并没有落实,以至于这件事最后“黄”了。这是我一直感到有愧于国文兄的事。

2020 年 2 月

石楠笔下的“画魂”

以写《画魂——潘玉良传》闻名的作家石楠，出生于1938年，家境贫寒，初中毕业后就进了一家小五金工厂谋生。随后二十多年中，她做过干事、文书、统计员、技术员。她热爱学习，始终坚持自学，努力充实自己，最后拿到了合肥师范学院中文系函授班的毕业证。为了实现“文学梦”，人到中年后，她尝试拿起了笔。潘玉良这样一个原本处于社会底层的女子，后来竟能成为具有世界影响的著名画家，这样的传奇人生与内中蕴含的奋斗艰辛，深深吸引了石楠。她决定写潘玉良。她宵衣旰食，不辞辛劳，查阅材料，走访知情人，先写了一篇五千字的传略，然后再驰骋合理的想象，发展成文学传记。她一开始还担心能不能发表，幸而《清明》杂志慧眼识珠，将其全文发表，并引发巨大反响，石楠与潘玉良的名字，一时成为社会的热词。

其时，读者多盛赞《画魂》生动地展现了一个曾经被迫沉沦的女子的卓越奋起，但也遭到了一些质疑。一天，石楠接到艺术大师刘海粟的一封支援她的信：“潘玉良之所以轰动一时，说明人们觉悟之愈高，对封建主义之憎恶愈甚，绝不是任何人可轻易否定的，一切可置之不理。”这封信多少安慰了石楠委屈而忐忑的心，从而坚定了她继续进行文学传记创作的想法，而且执意要多多表现那些在苦难中奋起的人。

刘海粟是潘玉良的恩师。潘玉良能以低微的出身，成长为一位著名画家，其中一个重要的转机，是她进入刘海粟主持的上海美专深造。当时，刘海粟虽因“模特风波”受着顽固守旧势力的责难，但仍顶着压力，力排众议，录取了这个曾经落入青楼但酷爱艺术的青年女子。原先贴出去的录取榜上并没有潘玉良的名字，刘海粟知道后，激动地表示：“在美专，不论出身，一律以才取人。”他以校长的身份亲自拿起笔，在榜上补上潘的名字。这一补，一个险些被扼杀的绘画天才得救了。刘海粟在艺术与教学上一贯特立独行，被有些人斥为“艺术叛徒”。

“叛徒”成大师，石楠想，这不正是可写的传主吗？然而，有文学前辈对她说：“你在《画魂》中歌颂了刘海粟，引起了画界的争议，吃了棍子，还不吸取教训？刘海粟是个敏感人物，你干吗要去捅那个马蜂窝？”她一时犹豫了。我得知这一情况，给她写了一封信。我说，我们出版社计划出版系列名人传记，正在出版的有《巴金传》《冰心传》《贺绿汀传》，美术界想请您写《刘海粟传》，望答允。据石楠后来说，此信坚定了她撰写的决心和信心。

石楠全身心地投入创作的准备工作中，她阅读了一切能够找到的书刊资料，同时多次访问刘海粟本人。她越来越感到，刘海粟成为我国新美术一代宗师的同时，风雨与苦难也伴着他一生。其中，既有军阀孙传芳之流对他的迫害，也有同道人对他的误会。他是我国现代画坛备受争议的人物。石楠不回避这一点，给予睿智的描写，从而使传记与传主的生平一样，波澜迭起，充满生气。

刘海粟被人误解的一个重要原因是，艺术家的超前意识往往一时难以为世人所认同。刘海粟在遨游西洋艺海时，第一次到卢浮宫，就为德拉克洛瓦的《但丁的小舟》所深深震撼，花了很多时间精心临摹它。然而，这位19世纪浪漫主义大师在世时，人们对他一直有着两种相反的评论。刘海粟也曾拜访过梵高的遗迹，这位印象派巨匠感情炽烈，个性独特，把他所绘的对象当作自己热烈感情的媒介。他的“主观”强烈到这种程度，往往被人视为“疯子”，因而生前贫病交加，不被理解，几千幅画只售出一幅，售价仅几美元。刘海粟面对这些，对自己作为“艺术叛徒”所受到的误解、非议以至攻讦、迫害，也就释然了。他在与罗曼·罗兰的交往中，很欣赏他为《巨人三传》(《贝多芬传》《米开朗基罗传》《托尔斯泰传》）所写的话：“他们永远过着磨难的日子，他们固然由于毅力而成为伟大，可是，也由于灾难而成为伟大。”

石楠在深入接近了解刘海粟的过程中，愈来愈领悟到刘海粟自觉地把革新奋进过程中难以避免的风雨与苦难，化作孕育辉煌的养料。刘海粟写过这样一联：“宠辱不惊，看庭前花开花落；去留无意，望天上云卷云舒”，还爱写陈独秀在狱中赠他的联语：“行无愧怍心常坦，身处艰难气若虹”。为了艺术，为了创造，即使在他被当作“右派”批斗，当作“黑帮”“扫地出门”时，他也没有沉沦与绝望。在昏暗的地下室里，他还默念着“文王拘而演《周易》”，坚持泼墨作画，虽然笔是秃笔，纸是破纸。

面对这一切，石楠深深感到，在相当意义上，是苦难造就了刘海粟，造就了他画艺的辉煌。这与她写潘玉良、柳如是、苏雪林等传主的感受息息相通。1995 年年底，《刘海粟传》杀青出版，我问石楠写刘海粟的体会，她说：“苦难造就了他的伟大。”我觉得她讲得很好，这正是这位艺术大师的传记能给予读者的最重要的思想启迪，是石楠写《刘海粟传》与《潘玉良传》的共同“画魂”。我随即写了一篇题为《苦难造就刘海粟》的书评，向社会推荐此书。《刘海粟传》是石楠的传记创作继《潘玉良传》后的又一个高峰。

由于写传记文学需要走南闯北，进行多方面的采访调研，石楠 70 岁以后渐渐感到体力精力难以适应，她在完成了《谢冰莹传》后，转向小说创作。2007 年出版的长篇小说《生为女人》的主人公，是从艰难困苦中走出来的一位母亲，虽是贫困地区的平民，也坚毅勇敢地面对生活的坎坷。石楠笔下的人物，多体现“艰难困苦，玉汝于成”的精神，这恐怕自觉和不自觉地折射出她自己由“丑小鸭变成白天鹅”的感悟。

2015 年，77 岁的石楠开始拜师学画，以娱晚年。她说：“少小无缘习描红，七七初学吹鼓手。”她天资聪慧，很快登堂入室，所绘花卉色彩明丽，气韵生动。三年后即 80 岁时，石楠与书法家老伴程必在安庆举办书画联展，惊艳了观众，成为安庆市的一件文化盛事。2017 年 3 月，我应安徽省作家协会之邀，参加“全国名家看潜山”活动。潜山为革命老区，属安庆市，石楠从媒体报道中得知我们一行下榻于天柱山的卧龙山庄，电话邀请我到她在安庆的家中作客。我本想前去欣赏一下她的画作，却因时间关系未能成行，引以为憾。后来从她发给我的一些画稿中，喜见她已逐渐形成自己的风格，我觉得内中同样蕴含着“艰难困苦，玉汝于成”的“画魂”。

2020 年 3 月

凌焕新：圆一个“美”梦

20世纪80年代初，党的十一届三中全会以后，伴随着改革开放形势的发展，我国的文学创作开始走上复兴之路。其时，老的文学杂志如《收获》等陆续复刊，同时不断出现新办的大型文学刊物，如《当代》《十月》。上海文艺出版社则创办了《小说界》。此事是由我主持的，鉴于当时大型文学期刊都是综合性的，小说、诗歌、散文都发，我们决定“另辟蹊径”，专发小说，故名《小说界》。这在当时是独此一家，别无分号。然而专发小说，品种单一，特别需要在单一中求多样，以适应读者多样化的需求，为此我们决定在小说上做足文章，提出五个“主”与“兼”，其中一个是：“以发表中篇小说为主，兼发长篇小说、短篇小说与微型小说。”

微型小说是一种极短篇，虽然早已有之，但多少年来，它只是依附于短篇小说，作为它的一个分支而存在。在我国现代文学史上，也曾有“墙头小说”“小小说”等的兴起，但由于未形成独立的文体意义，因此往往是昙花一现，自生自灭，迅速走向衰落。改革开放以后，社会生活节奏加快，短而精的作品受到欢迎，短小说的数量显著增加。而在新、马、泰等东南亚国家和我国台湾地区，微型小说在七八十年代更是明显兴起，几乎成为当地的一种主要文学体裁。综合评判下来，我们觉得，微型小说顺乎世情，顺乎文情，在新时期会有明显的发展，因而决定积极倡导这一文体，从而在《小说界》的编辑方针中，第一次把微型小说作为一个独立文学品种，与长篇、中篇、短篇小说并列。从《小说界》创刊号开始，就辟设微型小说专栏，除发表中国内地作家的作品外，还特意选发境外的优秀作品，引起文坛和读者的注目。

随后，刊载微型小说的报刊越来越多，只是名称不一，或称之为一分钟小说、小小说、精短小说、袖珍小说、迷你小说等。但一开始，人们多注意其篇幅的短小，而对其独特的审美特点注意不够，一些作品只是小故事、小新闻、小报告、小特写，并非具有文学性的小说。我觉得，微型小说要真正成为小说家族的独立一支，需要作点理论上的探讨。1981 年 8 月，我在《小说界》发表了《微型小说初论》一文，对微型小说的历史渊源、发展规律以及审美特征作了初步探讨，从而引起大家对微型小说理论的关注。1990 年，南京《青春》杂志举办微型小说学习班，邀我去讲课，我讲了十二讲，讲课内容随后在《青春》上陆续刊出。

此事受到南京师范大学中文系主任、文学研究所所长凌焕新教授的关注。他也是较早对微型小说进行理论研究的专家，编著有《微型小说探胜》《微型小说选》《中外微型小说精品鉴赏辞典》等，并在大学里首开“微型小说研究”的选修课。他自称与我“神交已久”，写信给我说，80 年代中国微型小说的崛起与兴盛，呼唤着理论家、评论家的产生。他为我富于开创性的理论研究鼓掌。我回信说，微型小说的进一步发展还需要多方面努力，为了更好地组织协调作者、评论者、编者的力量，正在与北京、上海、南昌、郑州等地的几家报刊联系，想共同发起建立中国微型小说学会。他对此表示积极赞同支持。这期间，我正在主编一部《世界华文微型小说大成》，该书突破一国一地作品的编选模式，首次从世界华文微型小说中遴选精品合成一册。同时，也突破了以往微型小说选集只选作品的局限，既选作品，又选理论文章，并附相关资料，比较全面地反映这一文体的全貌，是为“大成”。1992 年出版后，该书为世界华文作家圈子所珍视，促进了各国微型小说创作的交流合作，推动了随后世界华文微型小说研究会在新加坡的成立。凌教授发挥了他主持的文学研究所的作用，在收集材料、遴选作品方面出了不少力。

1992 年 6 月，经民政部批准，中国微型小说学会在沪成立，我任会长，凌焕新任副会长。学会的成立，标志着微型小说完全成为一种独立的文学体裁，我国的小说格局，由传统的长篇、中篇、短篇的“三足鼎立”，变为长、中、短、微的“四大家族”。不过，微型小说根不深，叶不茂，亟须加强学习，加强对作者队伍的培养。学会采取了一些措施，其中一项是每年召开一次研讨会。第一次是在上海开的，第二次则在南京召开，凌教授全面负责了会议的筹备。与会人员的吃住都在南师大，经费比较节约，会却开得颇有质量。凌教授在会上的发言，专门论述了微型小说的美学特征。他说，微型小说的艺术魅力在于它有着与长、中、短篇小说不同的别具个性的美学特征，即机智化的单纯美，特征化的简约美，以及诗化了的神韵美。凌教授从审美的角度论述微型小说，开阔了与会者的眼界，提升了作者的认识，让研讨会增添了学术气味和理论色彩，赢得与会者的赞赏。

此后，凌焕新认真履行副会长之责，积极参加学会的各项活动，如在理事会上提建议，在大奖赛中任评委，在年会上讲话，在研讨会上作报告，充分发挥了他作为一个学者、研究者的作用。他在连续几届世界华文微型小说研讨会上的发言，诸如《微型小说语言美》等，都受到广泛的关注。在这些活动中，我俩直接接触多了，按他的说法，渐渐成为好友。我在南京读过三年高中，如今讲话还带着浓浓的南京口音，对南京有一种“乡恋”式的感情。有一次我与家人从安徽返沪，想途经南京时住一晚，顺道再看看我怀念着的玄武湖、中山陵、秦淮河，凌焕新当时有事不在学校，还特意请有关同事帮我在南师大贵宾楼办了住宿手续，友情拳拳，令我心暖。

小说美学，是凌焕新教授多年研究的一个课题。他与他的老师吴功正先生曾合作出版过一部厚厚的《小说美学》。不过，正如凌教授所说，长期以来由于人们多关注中长篇小说，小说美学实际上是中长篇小说美学，短篇小说特别是微型小说美学，很少有人论及。凌教授结合微型小说的独立发展，对微型小说这一分支作了深入的美学研究，促使小说美学衍生出一个美学新生儿：微型小说美学。2010 年，他的专著《微型小说美学》付梓，要我为其作序。此书涉及微型小说文体的方方面面，主要为“四论”：特质论、审美创造论、审美形态论、审美鉴赏论。内中的文章虽是陆续写成的，但由于他一开始就有着明确的美学追求，情思萦绕着一个美学之梦，所有文章都是为他所要建造的微型小说美学大厦有计划地准备的，因而有着清晰的理论构架。我在序中说，《微型小说美学》的成书出版，是圆了作者的一个“美”梦，也是圆了微型小说界的一个“美”梦。自然，“美”梦还要继续提升发展，但道路已经开辟。一切美好都是可以期待的。

2020 年 3 月

冯苓植：为文艺王国开辟新版图

1984年第4期《小说界》上，刊载了冯苓植的中篇小说《虬龙爪》。稿件是作者应责任编辑左泥之约寄来的，他在电话中对左泥自谦道："此篇小说权当交差，如不合用，请代掷之纸篓。"左泥认为稿件不错，我阅后，为这篇特色鲜明、寓意深刻的小说所吸引、所激动，当即决定以头条位置刊发，并以编者的名义，信笔写下这样的文字：

> 我们向读者推荐本期头条作品《虬龙爪》。作者冯苓植以善于写动物著名，但其指归在于人。《虬》文写的是鸟，是养鸟者社会的纷纷攘攘。作者用自己的眼睛发现了一个新的特殊"世界"。在以生动的笔触表现它时，又熔知识性、趣味性、思想性于一炉，既富情趣，又富理趣。鸟攀高枝，人也攀高枝，但那枝"虬龙爪"到底由谁攀上去，怎样攀上去，世态纷呈，令人回味。冯苓植过去写骆驼、写鸟，多系内蒙古的事，飘散着草原气息，《虬》文则是写北京人的养鸟生涯，洋溢着一股浓郁的市井味。它迹近《烟壶》这类作品的风情，但它写的不是过去而是现在北京城的风土人情，别有韵致，很值得一读。

刊物出版后，我再读《虬龙爪》，发觉我说它“是写北京人的养鸟生涯”，错了。它创作的原型，仍是塞外一座古城，只不过当年乾隆皇帝为戍边的在旗子弟修筑这座城市时，是以老北京为模子的。我大而化之看了一遍，未及细读，凭印象与感受写了介绍，以至于铸成这个错。我觉得对作者与读者欠下点什么。同时，愈读这篇作品，愈感其独特与深刻，促使我又写了一篇题为《让养鸟真正进入审美、娱乐境界》的评论，作了进一步的剖析。我说，《虬龙爪》写鸟，写养鸟者的社会，实际上是写人，写现实的社会。养鸟经寄寓着深刻的人生经。这是这部作品的深厚处、成功处。但是，另一方面，鸟既然是作为“艺术的对象”进入养鸟界，养鸟界本应该成为一个审美的世界，过多地为名利、功利所羁绊，总是一种不调和的杂音，有损于这个审美世界应有的超脱、和睦、舒坦、宁静的气氛。这不能不说是一种遗憾。当然，这是对那些养鸟者的遗憾，不是对作品的遗憾。也许，作者正是想通过这一作品，引起人们的这种遗憾，从而促成生活中这种遗憾的消失，以便今后描写养鸟界的作品能主要从审美角度切入，更多地表现人在养鸟、玩鸟时审美心理的发展、变化。我想，我的心大概与作者的心相通。因为，作者两次写到，要砍掉那“惹是生非”的虬龙爪。这是一种象征，象征着要在这审美王国里，砍掉那争名夺利的功利观。抛开这种狭隘的功利观，养鸟者的社会才能进入一种求美、求乐的新境界。这将是人的进步，社会的进步，人与自然关系的进步。随后，为了更有力地向社会推荐这篇作品，我们召开了一次专题讨论会，钱谷融、王安忆、吴亮、程德培、郦国义等与会人士对《虬龙爪》一致给予很高的评价。在这次会上，我第一次与冯苓植见面。我说，我写编者按时大而化之，误以为作品写的是老北京的生活，冯苓植宽厚地笑笑，却赞扬起我的评论对他的启示，使他“开始懂得文学创作上该由不自觉进入自觉了”。我俩的心因文字之交而相通相融。此后，《虬龙爪》的影响日益增大，国内所有的小说选刊乃至《新华文摘》等时政杂志都选载了这一作品，各种小说选本也多不会遗漏它。

左泥同志于1996年退休后，修晓林同志成为负责联系冯苓植的“接班人”，他俩与冯的关系都很好。冯曾带着他的夫人戴女士到上海治病，住在我们出版社的创作室内，修、左两位同志给予了热情的关怀与帮助。冯在离沪后特致函“晓林老弟”，表示“不知怎么感谢才好”。他说：“因为有了您，上海在我们心目中变得更加美好了。这绝非过誉。想想江曾培、左老夫子、小郏、小魏、小戴等，就不由得使我内心感到温暖。”自此，他和我们出版社的关系就更亲更“铁”了。此后，他除了给我们多个中短篇小说外，还精心提供了两部长篇小说——《出浴：朔方贝子池搜奇》和《忽必烈大帝与察苾皇后》。前者获上海市长中篇小说大奖，后者被人们与美国莫里斯·罗沙比的名著《忽必烈和他的世界帝国》相提并论。冯苓植为写后一部长篇，历经六年的研读、创作和反复修改，每天工作十多个小时，其间查阅了数百卷的历史资料，用尽上百支油性墨水笔管。此书出版于2010年，那时我已离开上海文艺出版社，到上海市出版协会工作，校样打出后，他一定还要我看一下，请我“评说评说”。我在充分肯定其创作成就的同时，也就进一步提升作品内蕴提了一点意见，供他参考。他十分重视，又不辞辛劳地作了修改。他在书的后记中写道：“更令人感恩至深的是，出版社的前领导——我国著名的文学评论家——江曾培先生竟在百忙之中为我‘指点迷津’，一语中的，使我‘茅塞顿开’。”稍后，他还写信给我说，记得20世纪80年代初，文坛上有这样一种说法：中国出版界的编辑大家当数“北王南江”。“北王”指北京人民文学出版社的王笠耘，“南江”则指我。由于机缘巧合，身处草原的他竟先后受过两位大家的教诲和点化。我表示，“南江”之说不敢当，编辑与作者是一条战壕中的战友，应当相濡以沫，共同提高。

1997年7月，在内蒙古自治区成立五十周年的大好日子里，我与修晓林应内蒙古作协之邀，前往内蒙古访问。那天，飞抵呼和浩特时已经很晚了。冯苓植与内蒙古作协主席扎拉嘎胡到机场迎接，直到为我俩安排好住宿才回家，浓浓的热情深深感动着我们。我是第一次到内蒙古，满眼都是新鲜。呼和浩特市虽然地处塞外，却弥漫着老北京的气味，“溜个马，架个鹰，斗个蛐蛐儿，玩个鸟儿，绝对不能少”，一些人说话还带着京腔，这时我才体会到《虬龙爪》中所写的“塞外一座古城”，就是脱胎于呼和浩特。冯苓植是山西人，但自小就到内蒙古定居，对内蒙古的历史文化、风土人情可说是烂熟于心。在参观访问途中，他以丰富的知识、幽默的语言，为我们介绍昭君墓、成吉思汗陵、“天苍苍，野茫茫，风吹草低见牛羊”的大草原、“黄河北，阴山南，八百里河套米粮川”的河套平原、被誉为“塞外明珠”的大型草原湖泊乌梁素海，以及大兴安岭的浩瀚林海。我们一行，包括来自人民文学出版社和《人民文学》《诗刊》的同志，一路欢笑一路歌，愉快地共处了十多天。

内蒙古人民好客，每到一地，在酒席上都有身穿鲜艳服装的蒙古族姑娘在手风琴的伴奏下高唱赞歌，手捧哈达和盛酒的银碗，向每一位远方的来客敬酒。客人如果不喝酒，姑娘们就会捧着银碗不停地唱，直到客人喝了为止。我们一行中有不善饮酒者，为了避免尴尬，老冯一方面告知客人入乡随俗，润润嘴唇即可，另一方面又提醒主人，意到为敬，不要勉强，因而我们的酒席上气氛和谐，从未发生过僵场。

2019 年 5 月，由文汇出版社出版的《冯苓植文集》在沪首发，该社与内蒙古文联共同举行了新书发布会暨座谈会，邀我参加。不巧，其时我正在杭州中国作协创作之家休养，我特意写了祝贺信，请修晓林同志代我在会上宣读。我说，冯苓植先生长住内蒙古，多年来跋涉于茫茫戈壁和荒原之间，创造了独特而神奇的审美世界，丰富了当代的文学宝库。他为人不媚上，不媚俗，纯朴真诚，为文不趋时，不跟风，独辟蹊径。他是一个富有个性和创造性的作家，他的作品不是踏着别人的脚印行进，而是总能为文艺王国开辟出新的版图。他甘于寂寞，不求闻达，不受文坛浮躁之风的干扰，精心于文学园地的深耕细作。他是我国改革开放后涌现的最优秀的作家之一。

2020 年 2 月

陆建华：汪曾祺的真正知己

任何人的成功，都离不开他人的支持和帮助。因为，人是社会性的，是不能离群索居的。人在事业上的成功固然基于本人的勤奋、智慧和才华，但同时也是他人帮助扶持的结果。不过，其中往往有一个或几个在关键时刻或关键问题上给予支持帮助的人，产生特别大的影响和作用，成为标志性的“贵人”。

且拿文学界来说，正是有着叶圣陶这样的“伯乐”，巴金这样的“千里马”方能横空出世。后来，巴金也成为“伯乐”，发现了曹禺这匹“千里马”。当代文坛上的名家在成长发展的道路上，多得到“知己”和“贵人”的支持。被贾平凹认为“应该建庙立碑”的汪曾祺在成名前，作为沈从文的入室弟子，深得沈从文的影响、教诲和提携，是沈从文引领他走上了文学之路。沈从文就是他的“贵人”。

当汪曾祺于新时期复出后，也是由于得到“知己”及时的推荐和评介，得以冲破当时还飘散着的“左倾”迷雾，使他的作品的文学价值迅速为社会所认识。其中，与他同是高邮人的评论家陆建华是具有代表性的一位。陆建华不像沈从文那样，是汪曾祺的前辈，而是后辈，其文学成就也不能与沈、汪比肩，但是，他具有极为敏感的文学神经。当汪曾祺于 1980 年 10 月发表小说

《受戒》后，他立即感到这篇作品为文坛吹进了一股清新之风，对新时期文学的发展具有特殊意义，当即率先加以评介，此后一直满怀热情地对汪曾祺进行跟踪研究。汪曾祺虽然在1949年之前出过一本小说集，但知之者甚少，1949年之后又长期被“封存”，他九成以上的作品都写于改革开放之后。90年代初，当陆建华准备写《汪曾祺传》时，想找一些关于汪曾祺在1949年之前和“十七年”时的资料，他去了京、沪、宁的许多知名图书馆，均无功而返。关于汪曾祺及其作品的介绍和研究，是随着汪曾祺在新时期复出而正式开始的。对汪曾祺的系统评介和研究，陆建华先生是拓荒者，是第一人。

二十多年来，陆建华陆续写下近百篇有关汪曾祺的散文、短论、杂记，出版了四部关于汪曾祺的专著，为汪曾祺整理了创作年表，促成了汪曾祺文集的出版，并参与策划邀请汪曾祺回到阔别四十二年的故乡的活动，帮他圆了思乡之梦。当汪曾祺于去世前突然被卷入京剧《沙家浜》的署名案官司，因而苦闷莫名时，陆建华站出来帮他说话，澄清了某些事实真相。有记者问陆建华：“你为什么会有这么大的热情，做了那么多与汪老有关的事呢？”他回答说：“不只是为了汪老，也是为了我的家乡，为了我国的文化事业。”他认为，一个地方的文化事业能否在继承传统的基础上向前发展，并不完全取决于经济实力，起举足轻重的关键作用的往往是有影响的带头人。高邮是秦少游的故乡，自秦少游以后，几百年过去了，高邮好不容易才出现一个汪曾祺，他希望汪曾祺的价值能得到人们充分的认识，使之成为推动高邮地方文化乃至全国文化事业发展的一股力量。

在密切的交往中，陆建华和汪曾祺结下深厚的友谊。他俩心心相印，意气相投，很快摆脱初识时的拘谨，随意地交换对各种问题的看法，关于创作、生活、家乡乃至内心的困惑烦恼，都能倾心相谈。汪曾祺从 1981 年 7 月 17 日，到病逝前不到两个月的 1997 年 3 月 18 日，十六年间先后写给陆建华三十八封信，这些信件毫无遮掩地袒露了汪曾祺的性情追求和喜怒哀乐，为公开报道所少见，这是深入了解研究这位“文章圣手”的极为珍贵的第一手资料。同时，由于这些信写于社会急剧变化的新时期，内中涉及的一些情况和细节，也为当代文学史留下了富有价值的资料。2012 年，陆建华将汪曾祺的三十八封信结集出版，并一一加以注释解读，这既提供了一种别样的汪曾祺传记，也为我国当代文学研究提供了一种具有私密性的材料，还为读者提供了一种直面作家内心世界的读物。陆建华要我为《私信中的汪曾祺——汪曾祺致陆建华三十八封信解读》作序，我称其是一本兼有文学传记、文学史料和文学阅读价值的好书。

由于我和陆建华都是文艺评论圈内的人，早在 20 世纪 80 年代就相互知晓，第一次见面却是在 21 世纪初。当时他到上海来，住在他的同乡好友胡永其家中。胡是落户浦东的作家、戏剧家，创作有《宋庆龄在上海》《滨江情深》等作品，与我也有二十多年的交往。我与陆在浦东的胡府见面，大家相谈甚欢。陆说他很喜欢我的杂文，不久前由复旦大学出版社出版的《三题集》，思想敏锐，言而有文，每个主题都写三篇文章，相互联系而又独立成篇，类似组诗的构思，是一种创新。他要就此写篇书评。我感谢他的鼓励。未几，他的书评发表了。

此后，他几次来上海，我们都见了面，话题少不了汪曾祺。有一次，上海作协党组副书记、诗人褚水敖请他吃饭，邀我与胡永其作陪，席间谈及汪曾祺的作品，陆建华一如既往，如数家珍，情不自禁地讲着自己的体会。当时，坊间有人以调侃的口吻说：“陆建华听不得别人说汪曾祺不好。”

2016 年 8 月，陆建华却在《中国艺术报》发表了一篇题为《谨防捧杀汪曾祺》的文章，他特地将该文发给我看。其时，一些人看到这一标题，以为他对汪的作品的看法有了变化，实际不是这样。陆建华说，尽管他认为汪的作品独具一格，别有韵味，十分喜爱，但他并不希望、也不赞同近年来越来越多的文章在评介汪曾祺时任意夸大，把他的许多作品奉为经典，把他作品中的每一句话都分析成含有深意，说汪曾祺“就像我们这个时代的曹雪芹”。甚至连汪曾祺自己认为“只可自娱悦，不堪持赠君”的书画作品，也被一些评论家分析出让人吃惊的美学价值。他做的一些家常菜被夸张说成人间至美，甚至被虚拟成一个“汪氏家宴”菜系。这样一来，汪曾祺就不仅是小说家、散文家、诗人、戏剧家，还是画家、书法家、美食家，成了无所不精的全能。汪曾祺被“捧杀”了。

陆建华说，这种随意夸大和拔高，也是违背汪曾祺本人的意愿的。比如说，《受戒》发表后迅即产生轰动，他及时撰写《关于〈受戒〉》一文，既充满自信地说“我相信我的作品是健康的”，同时冷静地、明确地给自己定位，“我的作品不是，也不可能成为主流”。他还说：“我的小说有一些优美的东西，可以使人得到安慰，得到温暖，但是我的小说没有什么深刻的东西。”这种肯定其所当肯定、否定其所当否定的清醒态度，不虚饰，不夸大，正显示了汪曾祺作为文学名家的品性。

然而，时下在文艺批评中盛行的却是“表扬和自我表扬、吹捧和自我吹捧”，“一点批评精神都没有”，许多远不及汪老作品的作品也被捧为精品杰作。“捧杀”之风扼杀了文坛的清醒力与前进力。我赞扬陆的文章有的放矢，具有实事求是的锐气与创见。我回复陆建华说，汪老是现当代文坛一位富有个性特色的卓越名家，对他的文学成就加以充分肯定是必要的。不过，确如您所说，要“谨防捧杀”。文艺批评需要实事求是，有一说一，有二说二。然而，要做到这点甚难。对一些“红”了的作家往往是作“一好百好”的吹捧，连他们并不怎么样的字画也被捧上了天，纷纷标出高价。我曾引用鲁迅关于文艺批评要“好处说好，坏处说坏”的话，写过一篇短文。

我当即写了一篇呼应的文章，我说，之所以会“捧杀”，既是由于对所评的人物缺乏认真研究，随声起哄，也是由于缺少严肃的实事求是精神。陆建华对汪老的认知之深无人能及，又具有评论家的真诚，方能提出“谨防捧杀汪曾祺”这样具有普遍意义的问题。陆建华是汪曾祺的真正知己。

2020 年 3 月

郭志坤：十年辛苦不寻常

我与被称为“学者型总编”的郭志坤同志同住一幢楼。2019年11月的一天，他到我家来，特意馈赠他与陈雪良先生合著的新书，我一见到书名《成语里的中国通史》就眼睛一亮。历史竟也可以这样写，真是别开生面。

长期以来，写历史多是按朝代的更替，讲帝王将相，讲重大事件，这自然是一种不错的讲法，但老这样说，总让人感到有一种陈陈相因的味道。央视的《百家论坛》有一次以“隋唐的百姓生活”为题，讲民众衣食住行的日常生活，就带来新意，我曾给予赞赏。不过，那也只是说史角度的创新，而通过具有民间历史记忆的成语来展示历史，则是文化意义上的创新。

当年12月4日，上海文史研究馆、上海人民出版社为该书举行了出版座谈会，与会专家一致认为，这是一部别具一格的中国历史著作，集学术、知识、趣味于一体，有利于弘扬中华传统文化。我在会上说，用富有历史文化内涵与民间记忆的成语来展现历史，是一种创新，然而，一个个成语虽然犹如一颗颗珍珠，但杂乱地放在一起，是成不了“史”的。只有精心地加以选择，巧妙地把它们串连起来，方能很好地展现历史。作者在这方面显示了智慧与功力。他们按照历史的进程，分设多个章节，有序地安置有关成语，每个成语后面都有一条简介，发挥承前启后的作用，从而将零散的“珍珠”连成一串闪闪发光的项链，发出历史的光芒。

同时，对每个成语的诠释既求真，又求趣。求真，就是重视学术的严肃性、科学性，拒绝胡编乱造和胡言乱语，摒弃“戏说”，引用的重要论述都注明出处。求趣，就是力求生动活泼，有人物、有故事，文字简明通畅，没有古奥费解的字句。这样，它就雅俗结合，为广大读者所欢迎。据说，这本书销售情况很好，出版不久就要加印。

《成语里的中国通史》历时十年编写而成。尽管两位作者都谙熟中国历史，郭志坤早年就有《秦始皇大传》《隋炀帝大传》等著作问世，但他们总是以“十年磨一剑”的精神，踏踏实实研究，认认真真写书，力求每本书都有所创造，有所出新。

1997年，历史学界提出“中华文明可追溯到一万年前”的论点，并起草了《重写中华古史建议书》。郭、陈两位经过采访、考察、调查、研究，历经千辛万苦，于2009年完成了《中华一万年》一书的写作。该书对一万年前的华夏先民作了五个“懂得”的概括：一是懂得了发明创造，二是懂得了民生民计，三是懂得了优生优育（族外婚），四是懂得了社会组合，五是懂得了攻守之道。我曾与郭志坤一道，参观了距今七千多年的河姆渡遗址，听他谈这一遗址的发现对研究我国古代史的重要意义。《中华一万年》以一千多个故事，通俗而又科学地表现了“中华一万年”，较之原来沿用的“上下五千年”的叙述，在通俗历史读物中，第一次将中国历史向前推进了五千年。

2001 年年底，郭、陈两位合作推出的《提问孔子》和《提问孟子》两书，在传播传统文化上又别开生面。两书对孔孟的介绍，没有沿袭一般的叙述方法，而是采用访谈的形式。不过，并不是约请当代名家来谈，而是请至圣、亚圣直接提问和回答。所提的问题，既关乎孔孟学说的本质与内核，能正确地“传道”，又能触及社会存在的热点和疑点，有助于“解惑”。这既显示了作者对孔孟学说有深入的研究，又表明作者对读者的需求有真切的了解。

我以为，正是学者与出版家的双重修养，让郭、陈两位既拥有学识，务求写作内容精当，又了解读者，力求受众乐于接受。内容和形式的不断创新，让《成语里的中国通史》等图书都受到社会的欢迎，成为“双效益”图书。

自然，成功还来自作者的艰苦努力。我有晨练的习惯，清早出门，常见到退休后的老郭拎包出门，躲到一个地方去写作了。无论酷暑还是严冬，长年坚持不懈。他退而不休，“焚膏油以继晷，恒兀兀以穷年”。最近几年，他的夫人夏医生患病，行动不便，家务负担又压到他的头上，但他还是勉力安排，没有放下手中的笔。我说他是“十年辛苦不寻常”。

我有时劝老郭要劳逸结合，不要太累。他说他还是注意锻炼身体的。他每天躲到一个地方写东西，来回均步行，总计约 8000 步，加上其他场合的步行，可达到日行一万步的要求。2014 年的一天，我俩一起去参加一个评审会，路程约 3 公里，是一道走去的。途中，他问我有什么养生经验，我说，我每天清晨打太极拳和慢跑，傍晚散步半小时，运动量同他一样，可日行一万步，此为“一”。在“管住嘴”方面，有“二、七、八、九”。“二”，指每天二钱盐；“七”，指吃七成饱；“八”，指一天八杯水；“九”，是“酒”的谐音，即要远离烟酒。他问，精神方面呢？我说，每天要“笑三笑”，是为“三”。老人还应如孔子所说，“戒之在得”，可否以“五”的谐音称为“无欲求”？他说可称之为“无邪欲”。我拊掌称善，同时补充说，老年人养生，还要做一些自己喜欢做的“事”，不宜枯坐发呆，过于闲懒，此为“四”。他说，还缺个“六”，鉴于六亲不和会严重影响生命质量，因此要“六亲和”。至此，一、二、三、四、五、六、七、八、九都有了，还缺个“十”。我说，那就“十点眠”吧。这个在“迈开腿”中凑成的养生“十字经”，后被整理成小文发表，为我俩的友谊交往留下一点记录。

2020 年 1 月

陆天明：呼喊“苍天在上”

1996年5月，在上海市第三届长中篇小说评选会上，评委们一致认为陆天明的长篇小说《苍天在上》是一部热切反映人民呼声的惊世之作。

苍天，指上天，《诗经》有“悠悠苍天”之句。苍，也指百姓，蔡文姬有诗云：“彼苍者何辜，乃遭此厄祸。”“苍天在上”的呼喊，既是对上天、上峰、上位、上层要为民解难的祈求，又容纳着人民百姓至高无上的呐喊。陆天明于1993年打算创作一部以反腐败为题材的电视剧时，基于生活的感受，定下了这一题目。剧本写出后，却因“要慎重”的理由而被搁置，一时不能投拍。陆天明毅然将其改写为小说，在1995年第1期《小说界》上发表，引起强烈的社会反响。上海青年话剧团随即把它改编为话剧，向陆天明征求意见，陆天明说，话剧由于自身特点的需要，内容上作些调整是可以的，但作品名称《苍天在上》不能变动。小说、话剧的成功，反过来促成了电视剧的上马。同时，北京电影制片厂也决定将其改编为电影。这样，这部作品就“一石四鸟”，每只“鸟”都坚持以“苍天在上”为名，可见陆天明对这一名称的钟爱与深情。接触过这一作品的人都可以深深感到，“苍天在上”，正是画龙点睛之笔，正是这部作品的灵魂，它集中体现了平民百姓的一种内心呼喊，同时也是作者发自内心的真诚呼喊。由于这种呼喊出自对民族、国家命运的深切关怀，它迅速引起广大读者、观众的共鸣，形成了一股“《苍天在上》热”。

一部严肃的作品，在全国范围内引起极大轰动，这是近些年所少见的。1995年秋，在《苍天在上》的小说单行本出版后，上海曾举行一次大型研讨会，与会者充分肯定的，就是《苍天在上》贴近生活、贴近时代，传达了人民的心声，凝聚着强烈的批判力量，使作品既有光，又有热，成了一团引燃别人心灵的文学之火，显示了长篇小说的重量与威力。相对来说，近些年许多作品失重乏力，引不起人们的关注，就因为有意无意地回避人间烟火，削弱以至割断了与沸腾生活的联系，热衷于表现一己的小感觉、小波澜、小恩怨、小是非、小情调、小品味。不是说这些“小”不能表现，但只满足于表现“小”就难以形成“大”气候，难以成为有力度的优秀之作。陆天明在会上说，文学的生命线是对人民命运的关注，对民族命运和时代命运的关注。作家只有深入生活，提升出一种人格力量，作品才有生命力。应该说，正是陆天明所说的这种人格力量的有无、强弱，影响着文学与人民的亲疏关系。那些热衷于“表现自己”、自说自话、眼中只有自己没有大众的私人化倾向的作品，读者反应冷淡，并非如某些人所说“是人民疏离了文学”，而是文学疏离了人民。

当然，文学毕竟是文学。文学不是单纯的精神号筒，而是最富个性的事业，它必须有作家自己“独特的声音”。只是这种“独特的声音”，既应是作家自己灵魂的反响，也应是人民心灵的回声。作家的“小我”要与社会的“大我”相通。文学的力量，正在于以“小我”呈现“大我”，以作家“自己”容纳宽广的“全世界”。历史上的优秀之作，大都以独特的文笔反映特定的社会生活与人民大众的愿望情绪，成为“时代的生活和情绪的历史”。陆天明对此有两个精彩的提问。他说，文学趋向于作家自我，无疑是一大进步，但是，“一、从自我出发的吟唱，是否只能有‘我’或只应有‘我’？二、以精神形态存在的‘自我’是否完全等同于生理形态存在的‘自我’？”我以为，这两问，击中了“自我表现”说的要害：孤独的“我”，生理性的“我”，绝不能成为作为“人学”的文学所要求的“自我”。

陆天明是个随和谦逊的人，当我向他提及，有些人觉得《苍天在上》艺术上尚欠精细时，他频频点头称是。不过，倘若牵涉到对文学的基本信念，或者说对人生的基本信念时，他则不为一些不同看法所动，一派“咬定青山不放松”的气势。比方说，有些人觉得写黄江北这样的英雄人物不真实，不如写一些无奈的小人物可信。陆天明顿时激动起来，用他的大嗓门进行辩解：“难道中国的男人真的只剩下无奈的一笑、无聊的自嘲和无穷的调侃？中国真的不再有惊天动地、电闪雷鸣，不再有血性男女的义无反顾？不再有超越时空的终极关怀？中国的男人真的都是泥做的？我不信。我觉得中国还活着另一种人。他们努力着牺牲着付出着。他们是‘葛优’们所演不了的。当然他们也是普通人，也有着种种无能为力的时刻。他们的与众不同，在于他们是一群有信念的人。他们中的一个，就叫黄江北。说心里话，我是为了他，才写这部《苍天在上》的。”我觉得，这段话高屋建瓴，气势如虹。《苍天在上》揭露社会的阴暗面不可谓不广，不可谓不深，但它并没有给人以漆黑一团的感觉，并没有消解人们的信心与斗志，就在于作者站在辩证唯物主义的高度，既看到黑暗，也看到光明，既看到田副省长这样的败类，也看到黄江北这样有作为的人。鲁迅早就指出：“我们自古以来，就有埋头苦干的人，有拼命硬干的人，有为民请命的人，有舍身求法的人……”这些“中国的脊梁”，在总的趋势上，不是愈来愈少，而是愈来愈多，是他们主导着我们生活的流向。陆天明坚信这一点，因而他与他的作品总是洋溢着正气、信心与力量。

有人抬高他另一部带有现代主义风格的长篇小说《泥日》，以贬低《苍天在上》，说写《苍天在上》这样的东西是他创作上的倒退。他不以为然。他说，这是两种不同笔墨的作品。什么作品该用什么笔墨，要根据题材内容而定。《泥日》含义混沌，《苍天在上》主题鲜明，不宜作机械比较，更不宜以此作为划分文学高下的标尺。要论高下优劣，应看它们本身的笔墨运用得是否娴熟，所表达的内蕴是否深厚。他说，他一共写过三部长篇小说，还有一部叫《桑那高地的太阳》，风格都不相同，但有一点是相同的，那就是内中都有一种呐喊，一颗真诚而滚烫的心。这次在上海签名售书时，一位中年读者特地从外地坐了七个小时的火车来买《苍天在上》。这位读者曾在新疆建设兵团待过，他告诉陆天明，当年的知青是排着队来看他们手中仅有的一本《桑那高地的太阳》的。他感谢陆天明一再喊出了他们心中要说的话。讲着讲着，他哭了。陆天明的眼眶也湿润了。陆天明觉得这是对自己最大的奖励与报答，一再宣称：“文学是无法拒绝人民的，这是句老话，我相信它。”

为了尽可能给人民大众提供好的精神食粮，他在写作中不厌其烦地反复修改。中篇小说《白杨深处》十万字，他先后写了六稿，每一稿都是从第一页第一字写起。创作长篇更是不断琢磨，“为伊消得人憔悴”。他家附近收破烂的，因为经常从他那里收购到数量惊人的废稿纸，从而认出他是位作家。他从新疆调进北京已十八九个春秋，一直很少参与北京文坛圈子内外的应酬交往活动，而是甘坐“冷板凳”，长年关门读书写作。《苍天在上》热起来以后，陆天明引人注目，但很少有人知道他的住址和电话。陆天明不是那种把“功夫”用在写作以外的作家，他认为，好的作品“得来全靠用功夫”，作家要靠作品说话，时间与精力浪费不得！现在，邀请他参加各种活动的请柬越来越多，他仍保持着清醒的头脑，力避喧哗与热闹，不让自己在“快乐中死亡”。

陆天明在创作上高标准要求自己，生活中则是低标准地随遇而安。《苍天在上》实行的是版税制，已经印行了十多万册，使陆天明较过去多了一些收入，经济上不再捉襟见肘了。但是，他最近到上海来，还是住在我们出版社没有沐浴设备的招待所里。我们为居住条件的简陋而抱歉，他却说：“可以，可以，一个人住一间房，挺好。”他出生在上海，时下正在写一部反映上海历史的长篇小说，要到上海各处看看。我们打算为他安排一辆小车，他拒绝了，只要求借一辆自行车，以便他在上海的大街小巷随意游逛。今年 3 月 4 日晚，人民大会堂举行元宵联欢晚会，邀请文艺、科技、教育、理论、新闻、出版等各界人士参加。这是一个高规格的联欢会，陆天明意外地接到一张请柬，请柬里还附有一张出入人民大会堂的汽车通行证，无疑是让他乘车进人民大会堂用的。可是，他既无自备汽车，又无公车可用，就仍骑着他的“老坦克”而去。进人民大会堂时，他尾随一辆又一辆的汽车，在自行车上扬起他的汽车通行证，惹得门卫笑了。我说，在这样的隆重场合，你为何不向单位临时借辆小车用一下？他回答说，还是骑自行车爽快。陆天明不是那种稍有成就就变骄变娇的人。

因为，他心中装着百姓大众，唱着“苍天在上”的歌。

1996 年 8 月

席慕蓉：心如其名

席慕蓉的文字轻盈清丽，她的名字又十分女性化，使人想起“珠帘掩映芙蓉面”的诗句，因而我以为她属于那种纤柔型的女人，相识后，才发觉是“望文生义”了。她长得相当壮实，甚至可以说有点轩昂。她出身于蒙古族世家，乃成吉思汗的子孙。她的蒙古族全名是穆伦·席连勃，慕蓉是穆伦的谐音，意为“大江河”。她的体态是内蒙古草原民族那种“大江河”式的强健壮实，并非杨柳依依、荷叶亭亭式的纤细柔弱。

不过，席慕蓉却是“心”如其“名”，极为纤细敏感。这既表现在她那声韵天成、哀婉清丽的诗文中，同时也体现在她日常生活的多愁善感上。她原籍内蒙古，出生于重庆，幼年在南京度过，随后去了台湾，青年时代在欧洲留学。她称自己是个“流浪者”，心中充溢着浓浓的乡思乡愁。内蒙古故乡的希喇穆伦河，一直在她心里最深最柔软的角落流淌。南京的玄武湖，则使她魂牵梦萦。她说，她小时候在南京学会一首儿歌：“一二三四五六七，我的朋友在哪里？在上海，在南京，我的朋友在这里。”后来，她3岁的女儿在台湾的幼儿园也学唱这首儿歌，只是把“在上海，在南京”的词句改为“在台北，在新竹”。她听了，刹那间，几十年来家国的忧患，所有的流浪，所有的辛酸，都从心中翻腾而起，以至于热泪满眶。1989 年，她终于来到内蒙古大草原，她内心中多年的渴望与煎熬才得到一些疏解。然而，回南京的梦还未圆。我说，我少时也在南京读书，待她下次来沪，陪她一起去圆玄武湖的梦。她欣然称善。

席慕蓉这次是特意飞来上海看她的选集校样的。这套选集共四册，即将由上海文艺出版社出版。《时间草原》，是到目前为止她最完整的诗集；散文集《生命的滋味》，偏重于生命长途上的悲欢记忆；《意象的暗记》以小品为主，加上创作上的经验与反省；《我的家在高原上》，文字加摄影，展现她心中故土的美丽与丰饶。由于时间紧，5 月 16 日到沪后，她就关在宾馆里埋头工作。19 日中午，校样看得差不多了，她第二天就要赶回台湾了，我前往拜访并请她外出小聚。陪她走出宾馆大门时，只见风和日丽，市景撩人，席慕蓉情不自禁地说了一声："好天气！"我说："你关了几天，是不是下午出去看看，轻松一下？"她说："来不及了，还有半部校样要读。"她读校样，不是才子式的"一目十行"，而是一字一句地读。她说，为了保证图书质量，费这个时间值得。我问她校样上的错别字多不多，她说，不多，但她原文中有些用字要统一，比如"罢"和"吧"，还有些感叹词用得过多，要删除一些，不知会不会影响已经排好的版面。由此，我感受到她认真踏实的作风与谦逊的品格。

她连声称赞陶雪华女士为她设计的封面，素淡，雅致，富有诗意与韵味，特别是《时间草原》与《生命的滋味》二书，封面上暗隐着两幅素描，很吻合书的意境。她说，这套选集是她最满意的一个版本，这套书的封面也是她最满意的封面。她认为，陶雪华称得上是一流的书籍装帧设计家。为了精益求精，她已与陶雪华商定，对《意象的暗记》与《我的家在高原上》二书的封面设计再作一些修改。为此，她进一步提供了一些让陶雪华选择的材料。所谓“材料”，就是她的画作。她是学画的，14 岁就进了台北师范艺术科。1966 年以第一名的成绩，毕业于比利时布鲁塞尔皇家美术学院。她以绘画为业，油画是颇为有名的，但同时，她也爱写作。自 1981 年 7 月诗集《七里香》问世以来，已出版了近二十部著作。由于畅销，她的不少书在台湾被人盗印。在大陆，她的书也不止一次被盗版，甚至她的名字也被盗用。她说，这次来上海，就有人拿着她的书要她签名，她一看，书并不是她写的，作者的署名却是她。我们相对苦笑了一下。当我问及绘画与写作在她心中的位置时，她说，绘画是她终生投入的社会性工作，而写作则是她“抽身”的一种方式。累了一天以后，晚上写诗作文，就是一种放松。她的画风雄健，尤其是油画，有着“大地之母”的味道，而她的诗风却很纤细，表现的多系内心的思绪与感受，但由于两者都是性灵的真实流露，所以她画中有诗，诗中有画。因此，以她自己的画作为“材料”来设计她著作的封面，可谓珠联璧合，最易达到内容与形式的统一。

我们边吃边谈。作为蒙古族的后代，她是能喝点烈性酒的。但她说，下午还要看校样，还是喝点啤酒吧。啤酒多泡沫，服务小姐斟酒时，酒瓶对着酒杯缓缓斜倒，既注满了酒，又滴酒不溢。席慕蓉说，她也拥有这样的斟酒技术，那是在布鲁塞尔读书时，在餐馆打工学的。席慕蓉的家庭经济条件不错，她打工为人斟酒，是为了培养自己艰苦耐劳的品质。她觉得，养尊处优是不利于人的成长的。不过，她认为，现在儿童的学业负担过重，过早地加入了人生的竞争，致使不少儿童失去了童年，并非好事。

由此我们谈到了彼此的家庭与孩子。她说，她先生是物理学博士，是在布鲁塞尔留学时结识的。她学画，为什么要追求一个学理科的男人呢？她说她希望 1+1>2。这就是说，她希望艺术与科学的结合，使他们的子女同时拥有两方面的天赋。结果呢？她笑着说，还是 1+1=1+1。他们的女儿学钢琴，儿子学理工。我说：在你女儿美妙的钢琴演奏中，会有父亲科学因子的作用；在你儿子卓越的理工研究中，也离不开母亲艺术因子的影响；你那位物理学教授先生，如今不也成了你的作品的第一位读者，并经常为你出谋划策，这不正是艺术与科学的结合吗？

1997 年 7 月

郝铭鉴：心中要有块石头

我与郝铭鉴同志认识半个多世纪，多年来同在一个单位，同坐一个办公室，同住一幢宿舍楼，他是我交往比较密切的朋友。

两年前他在体检中查出患了癌症，治疗后病情虽有反复，但精神一直还好。年前，他还在医院里写了一篇文章，在微信朋友圈转发。2020 年 1 月 24 日除夕，我通过微信向他拜年，祝他新春吉祥，早日康复。他以乐观的情绪回复说："让我们一起迎接春天。"孰知六十多天后的 4 月 2 日，就传来他逝世的消息。春天来了，他却走了。我随即想写点怀念他的文字，但悲凉的浓雾笼罩心头，几次动笔都未成文，直到他"头七"的今天，才完成心愿。

我与郝铭鉴初识于 1969 年夏。当时，我被送到位于奉贤海边的上海新闻出版系统五七干校劳动。郝铭鉴于 1966 年大学毕业后，被分配到当时上海新闻出版单位的领导部门——工军宣队团部工作。某天他到干校来，我俩就此相识。一年后，我从连队调至干校政宣组工作，他也从团部轮调到干校政宣组，我俩同住一室，睡的是上下铺，可谓朝夕相处，亲密无间。他博闻强记，思维敏捷，出口成章，下笔成文，是个才子。更难得的是，他热情真诚，待人以礼，看问题虽免不了当时的"左倾幼稚病"，但他身上没有造反派那股戾气邪气。他出生于1944年，比我小十一岁，我叫他小郝，他喊我老江，我俩成了忘年交。

1972年左右，最早到干校的学员纷纷调回原单位，由于《新民晚报》早被停刊，我无枝可栖，遂被安排到出版系统。小郝则进入“市革会”文教组，与出版系统还是有着不少工作联系，我俩也就不时见面闲聊。我记得，粉碎“四人帮”的消息，我最先就是从小郝那里听到的。80年代初，小郝调回出版系统，先后在上海人民出版社与上海文艺出版社任编辑。1985年6月，上海文艺出版社重组领导班子，孙颙任社长，我任总编辑，小郝任副总编辑。乘着思想解放与拨乱反正的东风，小郝充分发挥了他的智慧才情，为文艺社组织编辑了许多好书。

一开始，他分工负责理论图书，推出了“中国现代文学研究丛书”和《文学论丛》《朱光潜美学文集》等，在文艺理论出版领域独领风骚。1986年，在改革开放大潮的推动下，文艺领域发生着急剧的变化，出现了“全方位的跃动”，在创作和理论方面都出现了不少探索之作。基于我们对“文学的路就是探索的路”的认识，社里决定出一套“文艺探索书系”，由小郝总策划，理论室、文学室、戏曲室都参加编选工作。随后，陆续推出了《探索小说集》《探索诗集》《探索戏剧集》《探索电影集》等。刘再复的《性格组合论》和余秋雨的《艺术创造工程》是由小郝亲自组稿编辑的文艺理论著作，由于论述极富创造性，发前人之所未发，一时洛阳纸贵。《性格组合论》一年连续印了6版，发行量超过40万册，成为1986年“十大畅销书”之一。钱钟书先生知道后，告诫刘再复要“知止”，说“显学很容易变成俗学，不要再加印了”。刘再复将这一意见告诉小郝，此书也就没有再印。《艺术创造工程》灵思飞动，以“深刻的遇合”“意蕴的开掘”“形式的铸造”三章，组成了不同于以往那种面面俱到、平行推进的结构框架，充溢着恩格斯所称赞的“艺术家的勇气”，体现着一种现代意识和开拓精神，《人民日报》等多家媒体予以推荐。

当时的上海文艺出版社有两家副牌：上海文化出版社和上海音乐出版社。90年代后，小郝又分管文化社的图书出版。过去文化社出书侧重通俗读物和实用读物，书的销量较大，印数一般都在百万以上。小郝提出，在继续出好普及性文化读物和实用读物的同时，也要出一些文化含量高的读物。在他的主持下，文化社启动了“中国文化经典系列丛书”的编选，第一批选题为《花经》《茶经》《酒经》《食经》《衣经》，要能够代表和体现有关文化领域的最高水平，并具有“五性”——权威性、科学性、知识性、实用性和可读性。经过小郝与其接棒人陈鸣华的努力，这套书陆续出版，成了文化社的看家书，提升了文化社的品位。

小郝在坚持创新发展的过程中，对一些不符合时代发展要求的书刊毅然进行转变。《文化与生活》曾是广受欢迎的刊物，粉碎“四人帮”后复刊时，曾出现市民争购潮，甚至一时间要凭票供应。然而随着时代的推进，它越来越不适应社会要求，于是在90年代后期转型为另一种期刊，作为主编的小郝说，他是“笑着和它告别”的。这种“笑”表明他有取有舍，并不抱残守缺。

最能体现小郝的创新精神的，是他于1995年创办的《咬文嚼字》。为了捍卫汉语的纯洁，他凭借自身的坚毅与才华，在没有路的地方出色地开辟出一条路。人们在悼念他时，不约而同地提到他在这方面的贡献。他为《咬文嚼字》所付出的热情、精力、智慧与才华是难以估量的，因此他也是难以被取代的，可以称他为“《咬文嚼字》之父”。

2010 年，小郝的随笔集《心中要有块石头》出版。全书分六个部分：编家的“品”、书市的“风”、做书的“道”、卖书的“谋”、书中的“味”、心底的“梦”。书名里的“石头”是个比喻。美国《读者文摘》杂志社的院子里有一块石头，上面刻着“编辑三问”：它可以被引述吗？它实用吗？它有恒久的趣味吗？小郝认为，这实际上体现了编辑的文化理念和文化追求。我们的院子里也许没有这样一块石头，但在心中要有。我在此书的序中说，作者心中是有这块石头的。正是高尚的文化理想与不懈的文化追求，让作者在编辑出版领域取得多方面的成就，成为出版业的一颗明亮的星，给人们带来耀眼的光和热。用陈鸣华先生的话说，“阅读因他而洁净纯粹，出版有他而愈显尊荣”。

2020 年 4 月 9 日

彦火：自然的情人

我与彦火先生初识于1985年冬。那是我第一次去香港。彦火时任香港三联书店副总编辑，我任上海文艺出版社总编辑，两家出版社正在磋商合作出版“中国珍宝鉴赏丛书”。其时，内地改革开放不久，沪港两地在经济发展、城市建设等方面存在着明显的差距。香港有些人或多或少、或明或隐地有几分傲气，不说看不起内地人，至少有点自视高人一等。同时，对出版物这样的文化产品，他们多从商业价值考虑，与我们的传统思维也有龃龉。因此，相互交往虽然客客气气，礼貌有加，但内心存有间隙，一时难成贴心之交。彦火却是个例外。他温文尔雅，平和谦逊，既自尊，也尊人，对文化产品既强调它的商业性，也重视它的文化性，尽管他在美国接受过西洋教育，但并不轻视中国传统文化，这使我俩的心很快接近起来。以后，他多次来上海，我们常相晤一谈。1996年，他已转任香港明报出版社总编辑，我们又共同策划了“世界文学精粹·随身读”丛书，在上海、香港、台北三地出版，现在已经出了二十种了。

彦火是一位出版家，也是一位作家。他的创作涉及多种文体，以散文最为圆熟，最具影响。散文灵活自由，拘束较少，正适合生性敏感、思维灵动的彦火的驰骋。举凡山川景色、风土人情、世事变迁、四季交替，都能引起他的感触，随意撷取成篇。散文所要求的诗情、哲理、文笔，也是接受过中西文化熏陶的彦火所拥有的。他的散文感受微妙，描述优美，富于情，寓于理，可读而又耐读。其中，对自然界的描写又是他散文创作的华彩篇章。《鱼化石的印记》首篇写的是莱茵河。莱茵河风情万种，是一条集中了万般面貌的河流，可抒写的东西很多，可他未写清澈的河水、明净的天空、幽深的峡谷、苍古的城堡，却写“莱茵河畔的落叶”，显示了作者独特的艺术感受。他在这里看到了“一页扣人心弦的死亡乐章”，而“没有怒吼，没有呐喊，没有怨悔，从容不迫——而且是盛装的打扮，义不容辞地去赴一个死亡的宴会”的抒发，更是充满诗意和哲理。彦火十分热爱大自然。记得有一年他到上海，我陪他到市郊去寻花。我们游览了淀山湖与古镇朱家角，在湖畔一座梅林里，面对桃红柳绿、云蒸霞蔚的景象，他雀跃不已，流连忘返，情不自禁地吟起“为爱名花抵死狂，只愁风日损红芳”的古诗来。泰戈尔说过，“艺术家是自然的情人”，彦火就是这样一位“自然的情人”。这不仅由于他长期处于钢筋水泥的市廛之中，渴望贴近大自然，更由于他热爱生命，心与生生不息的大自然息息相通。他说：“花开花落，最容易令人触景伤情。”他描述山水草木的篇什，最能体现他的心智才情。陆放翁有句：“君诗妙处吾能识，正在山程水驿中。”我也是这样看彦火作品的。

彦火待人热情诚恳。1998 年 11 月我去香港，事先和他约定一见。那天我甫抵港岛，刚在酒店住下，他的电话就来了。随即，他从新界驱车到北角，约我到外面吃饭。离港前一天，他又抽空陪我去拜访金庸先生。他与金庸在《明报》共事多年。他说，金庸先生既才华横溢，又踏实勤奋。在当年《明报》创业时，尽管工作千头万绪，他仍亲自处理编务，对重要稿件会校阅好几遍。我想，彦火也正是依赖才华与勤奋，始能取得编辑、创作的双丰收。他外秀内慧，既富文采，又甚质朴，为人作文，均可谓文质彬彬。

1999 年 10 月

殷慧芬的《汽车城》

1993 年年初，我在一篇文学评论中说："在上海作家中，有一颗年轻的'星'在上升，这就是女作家殷慧芬。"殷慧芬 1966 年作为知青被分配到位于嘉定的上海汽车齿轮厂务工。她从小就喜欢阅读，做工人后，尽管是在"文革"期间，她也千方百计地找书看，不间断地受到文化的滋润，车间通讯员的身份又为她提供了动笔的机会。"文革"后期，与一些在农村插队的知青一样，她有了用文字来表现生活的欲望。改革开放后，大量文学期刊的涌现为写作者提供了用武之地。80 年代初，她在《上海文学》《收获》《小说界》等杂志陆续发表了《厂医梅芳》等一批中短篇小说，受到读者欢迎。她写人绘事，一方面轻盈飘逸，行云流水般好读，另一方面又深沉蕴藉，橄榄似的富于回味。我特别欣赏一篇题为《欲望的舞蹈》的小说，在评论中指出其以舞蹈示人欲，有深意存焉。舞蹈显示着生活的真善美，显示着生命的创造力，同时也显示着对人的灵魂的净化和升华。不过，"欲望"需要"舞蹈"，却切忌沦为"恶劣的情欲"的膨胀。我觉得，这一作品显示了作者的巨大创作潜力。

1992 年春的一天上午，时任上海文艺出版社文学编辑一室主任的郑宗培陪殷慧芬到我办公室，说她想出一本小说集。这是我第一次见她。我请她坐下，在听了她的自我介绍与要求后，表示欢迎她把第一部小说集交我社出版。我说，扶持培养上海的青年作家，也是我们应尽的责任。

殷慧芬走后，小郏问我，对她出书的要求怎么没有说“研究研究”，而是那么爽快地答应了。我说，我读过她的作品，对她的创作水平心中有数。同时，因为她来自工厂，反映工业战线的作品更弥足珍贵。因为，在我国的文学创作中，工业题材的作品一直是个薄弱的环节。即使像上海这样一座工业大城市，写工业题材作品的作者也比较少。20 世纪五六十年代，上海出现过一批工人作家，他们的作品集中反映了工业战线的生活与斗争，展现了产业工人的生态与心态，拓展了文学表现的领域，给文坛带来一股新鲜气息，引起社会广泛注意，成为当时文坛的一种“新生事物”。然而，尽管这些作品取得了一定的成就，但其中并未涌现出特别重要的力作。在文学的总体格局中，有分量的作品多为农村题材与革命历史题材，如现在人们还经常提到的“三红一创”，即《红旗谱》《红岩》《红日》和《创业史》。新时期以来，随着思想解放运动的推进，作家以多元的审美方式反映生活，作品的题材与风格呈现出前所未有的百花齐放局面，文学园地万紫千红，繁花似锦。但是，这当中，工业题材的作品仍然显得薄弱。比较引起关注的是蒋子龙的一系列作品，塑造了工业战线上的“开拓者家族”，不过呼应者与后继者不多。较之大量反映农业改革、展现农村生活的作品，工业题材作品还是势单力薄。许多作者，包括新时期文坛上特别活跃的“五七”作家与知青作家，他们的作品或多或少都与农村生活有着瓜葛，而很少涉及工业领域。小郑听了，深以为然。

此后，我们加强了与殷慧芬的联系。1993 年 3 月，我社出版了她的第一部小说集，书名就叫《欲望的舞蹈》。几个月后，上海作协在嘉定举行了“殷慧芬作品讨论会”，作协主席徐中玉、党组书记罗洛等都去了。我虽然当晚要飞往合肥参加鲁彦周的一个作品研讨会，也还是去了，发言后就由会场直接去了虹桥机场。在这以后，殷慧芬的佳作不断，我社又陆续出了她的小说集《屋檐下的河流》、散文集《门栅情思》等著作。我们的关系也更加紧密了，我叫她小殷，她叫我老江。由我社具体操作的“上海长中篇小说优秀作品奖”的评选会议，有两届都在嘉定的一家汽车宾馆进行，得到殷慧芬以及她的先生——也来自上海汽车齿轮厂的作家楼耀福的支持与帮助。殷慧芬的中篇小说《屋檐下的河流》，也在第四届评选中获奖。

时代的发展，现代化的推进，对加强工业题材的文学创作提出了要求，我们寄希望于殷慧芬在这方面有更出色的成果。90 年代末，她萌发了创作一部反映汽车工业发展的长篇小说的想法，我们立即给予鼓励和支持，多次与她讨论构思，并为她深入生活进行调研提供必要的帮助。几年间，她在上海、北京等地访问了众多汽车界的人士，有高层决策者，也有一线员工；她查阅了有关汽车行业的大量资料，《中国汽车报》五年的合订本，她一张张仔细翻阅过；她所做的采访笔记与阅读笔记有十五六册之多。她常常经夜写作，通宵不眠，楼耀福说：“常常是我一觉醒来，见她仍在击打键盘，便好言相劝，希望她早早休息。沉浸在小说人物中的她却并不领情。有时候，我不经意地走进她正在写作的房间，脚步声也会使她莫名地烦躁而发脾气。尤其到了创作的后期，我察觉她竟有点像梵高那样的神经质。她太投入了。”经过几年的奋斗，殷慧芬终于完成了长篇小说《汽车城》。然而，代价也是巨大的，由于长期盯视电脑显示屏，导致视网膜脱离，虽经住院治疗，病情有所好转，但只有左眼尚有微弱视力，右眼几近失明，难以再写作了。朋友们都给予了慰问，她慢慢度过了痛苦期，适应了新的生活。

《汽车城》超越了原有对工厂知青生活的描绘，以细腻的笔墨和雄伟的气势，展现了上海汽车工业的艰难起飞，以新的文化理念，描述了人性、人情、人欲在工业发展中的冲撞，传递了我国社会变革的最新信息，塑造了众多富有时代气息和鲜明个性的人物，为我国当代文学增添了新篇章。它既是作者创作的一个新突破，也是我国工业文学的一个新提升。她要我作序，我欣然应命。我在序中讲了四方面的问题：工业题材文学的新成就，引起惊喜的新文化理念，人物形象的悲剧色彩，刚柔相济的艺术风格。我说，加拿大人阿瑟·黑利于1971年写过一部《汽车城》。它与殷慧芬的《汽车城》同以汽车工业为题材，但由于国度不同、年代不同、作者不同，两部《汽车城》的内容迥然有别。黑利的《汽车城》，以美国汽车制造业中心底特律市为背景，它所反映的汽车生产规模虽更具气势，但在写法上，主要是一种通俗小说的写法。殷慧芬的《汽车城》，更注意人物的刻画、内涵的发掘、意境的营造、美学的追求，在文学性上不让黑利的《汽车城》。

殷慧芬的《汽车城》于1999年8月出版，带着我国经济建设和文学创作的双重成就，向中华人民共和国五十岁生日献礼，引来社会的广泛好评。2001年，《汽车城》荣获全国第八届“五个一工程”作品奖，此后又获第五届上海文学艺术优秀成果奖，并被中央电视台和上海电影制片厂联合改编为电视剧，影响广泛。

殷慧芬在公众场合少言寡语，开会时常坐在最不显眼的位置，默默地听别人发言。然而，在与朋友相处时，她却十分活跃，妙语连连。2012年7月，我与殷慧芬、楼耀福夫妇等几位作家，前往位于河北兴隆雾灵山的中国作协创作之家度假，他俩是我们一群人中最活跃的。我曾在一则游记中写道：“结伴游雾灵，风流数楼殷。”由于住在深山，外出到兴隆县城要绕一大段路，一天我发现山草丛中隐藏着一条可直达的小路，大家称好，殷慧芬则以“胡志明小道”作比，戏称其为“江曾培小路”，自此“江曾培小路”成为我们生活中一个戏谑名词。20世纪80年代初，作家笔会和文化研讨会较多，为了有一个相对固定而幽静的场所，我社与上海教育出版社等单位于1983年合资在淳安县千岛湖畔建了一座馆舍，名叫“作家楼”，有不少作家在那里住过。住过的作家都要在题词册上留下墨宝，一般都写得文情俱茂，殷慧芬却写得比较直白：“我爱作家楼。”有人奇怪她为什么不呈现自己的文才，我说，此语双关：既爱千岛湖的作家楼，也爱嘉定家中那位作家楼，巧妙得很。人们悟后，一致称善。其后数年，楼耀福也去了作家楼，看到殷慧芬的题字，得意地笑了。如今，他俩已由年轻的“星”成为老作家，殷虽因眼疾不能写作，楼却佳作连连，两人相互扶持，品茗会友，听乐观剧，寄情山水，行走天下，生活恬静而美好。

2020 年 2 月

沈善增的“崇德说”

写了长篇小说《正常人》的沈善增，是改革开放后涌现的上海青年作家中优秀的一员。他也是知青，1968 年到崇明农场务农，1973 年调上海医药公司下属的一家药厂做工。他聪慧好学，爱动笔头。“文革”后期，出版社开始注意抓创作出书，但要“走上海机床厂中培养技术人员的道路”，从工农兵中培养作者，因而长篇创作多采用“三结合”的形式，一个创作组中既要有专业人员，也必须有工农兵业余作者。当时，一个反映医疗卫生战线的“三结合”创作组就吸收了沈善增。深入生活的基地是上海市第一人民医院。沈善增日夜在医院里调查访问，熟悉生活。他发现组内有人行为不轨，即向上反映。哪知此人有背景，上面要他息事宁人。他不听，医药公司的造反派头头就下令他回厂劳动，并不顾他刚刚患过肝炎的身体，要他做夜班，折磨他。

我当时已从五七干校调到出版社，赞赏沈善增坚持正义的精神，也同情他的遭遇，在可能的范围内给予他一定的帮助。自此，我俩成了忘年交。他母亲也是出版系统的职工，我去过他位于福州路弄堂中的家。他生性达观，抗压能力强，当时在繁重的劳动之余，仍然坚持读书写作。粉碎“四人帮”后，他先后到出版社和《工人创作》杂志社工作过，并参加高等教育自学考试，较快地拿到了毕业证书。80 年代他写了不少佳作，有长篇、中篇，也有短篇、微型小说，多反映上海人的生活，富于海派文化色彩，受到社会的欢迎。他被认为是上海最优秀的青年作家之一，1989 年起成为以写作为职业的专业作家。

沈善增涉猎广泛，勇于创新，喜欢不断开辟新路。当人们以为他会集中精力继续文学创作时，他却突然“转向”去进行学术研究了。他认为，前人对国学经典的诠释多有错谬，他决心沉潜到国学的海洋中，朝兢夕惕，爬罗剔抉。二十多年来，他反复研读《庄子》《老子》《论语》《坛经》等古代多种学派的经典以及有关的著述，先后写出了《还吾庄子》《还吾老子》《孔子原来这么说》《心经摸象》《坛经摸象》等书。他把自己的著作称为“还吾”系列，意即“还我一个真相”，内中有着他对“真相”的独特探究。尽管他对国学经典的诠释也只是一家之言，但其中蕴含的大无畏的学术勇气和踏踏实实艰苦探索的学风，使人十分感佩。

有一天，他送书到我家来，说起《论语》的“头条”——子曰：“学而时习之，不亦说乎？有朋自远方来，不亦乐乎？人不知而不愠，不亦君子乎？”按以往的解读，三句话各讲各的，联系不大。他则认为：“学”是身教、教育、教化之义，“朋”是串起来的贝壳，代表钱币，“知”是知遇、赏识、选拔，这段话的实际意思是：“作为民办学校的教师，在做教育、教化工作的同时，可以不断复习已学到的东西，这样的工作不是很愉快的吗？有人持币从远方前来拜师求学，是对我们价值的肯定，这不是太让人高兴了吗？这样，即使别人不赏识、不选拔、不聘用我们，我们也不会烦恼，不是可以像君子（贵族）一样不依附于人，保持独立的人格、自由的精神吗?”这段话，不仅建立了教师的话语权，把教师提高到和贵族（君子）平起平坐的地位，更重要的是建立了“师文化”的传统，“师文化”主要传承的是“礼”“义”，这是文明社会的基础。再比如，“唯女子与小人为难养也”这句话，历来成了批判孔子轻视妇女的证据，其实应该标点为“唯女、子与小人为难养也”，“女”是指君主的妻妾，“子”是指君主的子嗣，“小人”是指君主的宠臣。春秋战国时期，君主的妻妾干政，就是为了自己的儿子做接班人，就和宠臣勾结起来搞阴谋，这是当时政治动乱的主要原因。沈善增解读经典的睿智，给我带来豁然开朗的精神愉悦。

后来，他在研读儒释道经典的基础上，提出了“中华优秀传统文化是崇德文化”的观点。2008 年 10 月，他在良渚第二届中华文化高峰论坛上首次提出“崇德文化”的理念，与会者反响热烈，《钱江晚报》发表了对他的专访《中华优秀传统文化是崇德文化》。这鼓舞他进一步深入研究，于 2014 年出版了专著《崇德说》。2016 年 11 月 30 日，习近平同志在中国文联十大、中国作协九大开幕式上的讲话中指出：“广大文艺工作者要把崇德尚艺作为一生的功课。”这更是让大力提倡“崇德文化”的沈善增倍受鼓舞。随后他在一篇文章中分别分析了儒道释（中国化的大乘佛教）的心谛（核心理念），认为“崇德尚艺”植根于中华优秀传统文化的结晶，体现了对中华优秀传统文化的传承和升华。同时，他也请我写一篇文章，我呼应了他，他十分高兴，电话中连连道谢。

沈善增对传统文化涉猎甚广。他一度迷上了气功，尝试用气功治病。朋友如果生了病，他常常主动上门服务。他的那副热心肠深深感动着我。

沈善增体胖，患糖尿病多年，晚年又有眼疾，但他一直没有停止思考和写作，直到2018年3月病重住进医院之前，每天还通过微信微博发表他对社会人生和道德文化的想法。他是“春蚕到死丝方尽”的一个才子，一个为社会“增善”增福的文人学者。由于我长他十七岁，相识于他年轻危厄之时，他一直视我为“老师”。他曾为我书写了一副姓名联：“曾经沧海仍为水，培育李桃泉汇江”。我觉得，这副对联对他更合适。因为，他在20世纪80年代做过上海作家协会举办的两期小说创作学习班的老师，被学员称为“沈教头”，当年的不少学员如孙甘露、金宇澄等，如今都是著名作家，他才真正是“培育李桃泉汇江”呢。

2018年3月

史铁生：净化文学的生命

元旦从电波中听到史铁生逝世的消息，心中顿时咯噔了一下：当代中国文坛的一颗亮星陨灭了。在我多年的文学编辑生涯中，与史铁生的直接接触并不多，但他给我留下很深的印象，他是我最敬重的作家之一。他生前并没有高的职位，没有像有些有成就的作家一样，进入中国作家协会的领导层，但他无疑是我国当代一位重量级的作家，一位能为后世留下影响的作家。

史铁生 1951 年出生于北京，1969 年 18 岁时到陕西延川县插队，1974 年因双腿瘫痪回到北京，生活极为艰辛。他顽强地与疾病抗争，在病榻上创作了大量优秀文学作品，成了著名的“轮椅上的作家”。他的作品不是无病呻吟，也不是有病呻吟，而是“用生命书写生命”，以自己的生命体验，书写生命应有的坚强与纯净，激励和鼓舞世人。1983 年年初发表的《我的遥远的清平湾》，是当时方兴未艾的知青文学潮中的重要一篇，但他避开了对知青生活一味否定的写法，用辩证的艺术态度揭示了知青与农民相濡以沫的深情，歌颂了陕北人民在艰苦的生存条件下仍然表现出的乐观坚忍、质朴善良的精神气质，苦涩中含着温情。这篇作品获得了 1983 年全国优秀短篇小说奖，收入获奖小说集中，受到广大读者喜爱。

1996 年年初，史铁生的首部长篇小说《务虚笔记》由上海文艺出版社出版，作品基于他的生存体验，对个体生命进行了哲学思考，在展现生命的苦难和忧伤的同时，表达了生存的明朗和欢乐。我们将这部作品收入“小说界文库”隆重推出，随后它荣获上海长中篇小说大奖。是年 12 月，在北京召开中国作家协会第五次代表大会，上海代表团下榻京西宾馆。一天晚上，史铁生坐着轮椅到我住的房间，与我们聊天，除感谢上海对他的关心和支持外，也谈到作家要重视“务虚”，关注人的心路历程，关注人的精神“伤残”，为读者点燃生命之火。

他的散文《我与地坛》，也集中思考和表达了“生命”的困难与意义。这部作品突破了散文某些习以为常的模式，展示了散文创作可能达到的思想艺术高度。人们读了，莫不受到深深的启迪与感动。前年秋，上海外语教育出版社约我和徐如麒主编一部中国当代散文选，并译成英文向海外发行，我毫不犹豫地将《我与地坛》选入，并写信征求史铁生的同意。他很快复信同意，并告知将来的样书和稿酬寄往何处。此书本计划去年年底出版，但因对翻译的工作量估计不足，译者尽管紧赶慢赶，还是未能按预定时间译好，书的出版只得向后推了。去年年底，我本打算将这一情况告诉史铁生，但没有及时去做，他却匆匆走了，我为此遗憾而愧疚。

“用生命书写生命”，史铁生拒绝浮躁浮华，拒绝庸俗媚俗，追求宁静致远，追求高尚纯净，他说："文学就是要在肮脏中寻求干净。"他的创作净化了人的生命，也净化了文学的生命，他的文学作品就不是那种昙花一现式的泡沫，而是具有长久的阅读价值。永远的史铁生！

2011 年 1 月

严歌苓的“多愁善感”

最近访美，旧金山一站，是旅美作家严歌苓与其丈夫赖瑞到机场接我们的。我认识严歌苓，大约是在1986年的一次长篇小说研讨会上，她当时虽进入文坛不久，但已凭借长篇创作引人注目。《绿血》《一个女兵的悄悄话》《雌性的草地》，都是她的作品。1989年以后，她去美攻读英文文学写作硕士学位。想不到她却一直在坚持写作，只是除手头正在进行的《陈冲传》是长篇外，其余均为短篇小说。按她的说法，在美国，时间都是做英文功课之外裁下来的边角，没有写大块文章的从容。一个想法冒上来，赶紧趁热捏揉、雕塑，不然明天谁知还有没有工夫。

那天，她送我一本题为《少女小渔》的小说集，收的都是她赴美后的作品。深夜，在旅舍翻了一下，我惊叹她那么“多愁善感”。一件平常事，一个平常人，在一般人眼前，也就平平常常地流过去了，往往是事过人去了无痕，而作者却敏感地从中感知了什么，并经过她愁绪的渲染，赋予它以耐人寻味的艺术意蕴。读《少女小渔》，不时感到作者那惊人的敏感在冲击着我，作者过去少有这样强烈的作品。严歌苓解释说，到了一块新国土，每天接触的东西都是新鲜刺激的。即使遥想过去，因为有了地理、时间以及文化语言上的距离，许多往事也显得新鲜奇异，有了一种发人深省的意义。远离故土，犹如生命的移植——将自己连根拔起，再往一片新土上栽植，而在新土上扎根以前，这个生命的根须是裸露的，像是裸露着的全部神经，加之寄居他国，寄人篱下，更富感知，因此有着惊人的敏感。愁思也好，慰藉也好，都在这种敏感中被夸张了，都在夸张中形成强烈的形象和故事。于是一篇又一篇的小说便应运而生。

对生活的敏感，是文艺家所必需的。发展与提高感知力，有赖于思想、艺术、知识等多方面的努力。严歌苓的情况表明，扩大生活面，多接触一些新鲜的东西，是有益的。对一个作家来说，长期蹲在一个地方，“深挖一口井”，自然是创作所要求的，但如果同时能配以蹈海渡江，有着广泛的观察与比较，则更能促进自己感知的新鲜与活跃。此所谓“行万里路，读万卷书”是也。

1994 年 5 月

书中人：阅读与行路

佼佼《李斯特》

当前，纪实文学作品越来越受到读者的欢迎。纪实文学包含甚广，其中最引人注目的，是人物传记，尤以名人传记为最。人们之所以爱读名人传记，一是因为它写的是真人真事，特别具有扣人心弦的力量，二是因为它写的是名人名事，像美国诗人朱迪思·瑟曼所说，可以使人们“得到小说所不能提供的真正的智慧”。

需要决定生产。近年来，传记文学作品有着明显的增加，既有我国作家的新作，也有外国作品的翻译。其中新近翻译出版的，由匈牙利著名作家、音乐家加尔·久尔吉·山道尔撰写的《李斯特》，是一部佼佼之作。

它真实地再现了 19 世纪大音乐家李斯特的一生。近五十万字的篇幅，既生动地描述了李斯特在音乐王国里超人的天赋与勤奋、伟大的创造与贡献，又深刻地刻画了他在政治思想领域中，对真理与正义执着追求，同时又不免惆怅彷徨、悲观失望，以至走向宗教的矛盾心态，还细致地描写了他在家庭、婚姻、恋爱中的风波曲折、喜怒哀乐。《李斯特》中的李斯特，是立体的、活生生的，而不是扁平的、僵死的。

难能可贵的是，作者对李斯特一生的描绘，还熔铸了 19 世纪欧洲的一些重大事件。1831年和1834年的里昂工人起义，1848年的资产阶级民主革命，在李斯特的音符中都留下了印记。李斯特不是作为一个孤立的人被描述的。他是他那个时代的人。正因为如此，肖邦、柏辽兹、瓦格纳、帕格尼尼以及雨果、巴尔扎克、乔治·桑等人，都在此书中留下了生动的形象。由此显得它的容量甚大，在一定意义上，可把它视为李斯特同时代许多作家艺术家的传记，是李斯特那个时代的传记。

此外，它的描绘又真正是文学的。它不像某些传记作品那样，只停留于记事、叙事，而是着力塑造性格与形象。举个小例子：李斯特小时候与父亲一道去拜见一位公爵老爷，书中写道，他父亲“深深地鞠了一个躬，一直到老爷开口说话才抬起头来”，而他“完全是以一种好奇的而不是受宠若惊的态度看着老爷”。父子两人性格的区别，显示了作者的追求：“传记的目的是性格的逼真传送。”同时，它的语言也真正是文学语言。如李斯特批评在创作上谨小慎微的拉福，“走钢丝式的平衡主义在这里是行不通的，这样可以使你避免坠落，但代价是你必须终生放弃飞翔”。形象性与哲理性的自然交融，既给人以思想启示，也给人以美的享受。

1986年4月

全面认识伍尔夫

英国小说家、评论家弗吉尼亚·伍尔夫（1882—1941）系意识流大师，在西方现代小说发展史上有着重要地位。我国文学界过去对她的介绍与研究甚少。中年学者瞿世镜积八年之功，专心致志地对她作了“系列研究”。先是翻译了她的著名长篇《到灯塔去》，接着编译了她的论文集《论小说与小说家》，继之选编了国外从 20 世纪 20 年代到 80 年代有关伍尔夫的评论文集《伍尔夫研究》，然后撰写了专著《意识流小说家伍尔夫》。

在上海有关方面召开的讨论会上，与会者对瞿世镜这部专著给予了高度评价。英国驻沪总领事欧文思也到会祝贺，并宣布英国有关单位将邀请瞿世镜去英讲学。瞿世镜在开拓我国伍尔夫研究的进程中迈出的第一步就是扎实的，卓有成效的。

翻读《意识流小说家伍尔夫》，我们可以感到它的内容深厚且富独创性。不像当前某些所谓学术研究著作，既少“学术”，又无“研究”，只是一种材料的集纳与转抄。我国之前对西方意识流小说的介绍，多停留在宏观描述与信息报道阶段，缺乏深入细致的研究。瞿世镜于 80 年代初写的《意识流思潮概观》，就属于这种信息传递的层次。现在的这部著作之所以能超越这一层次，具有较高的学术价值，是由于他以严谨的态度，细读了伍尔夫的全部作品。为了译好《到灯塔去》，他读了七遍才动手，同时广泛地搜集了有关伍尔夫的材料，在现代意识的审视与观照下进行了认真的研究，始未“随人脚后行”，踩出了自己的脚印。

过去，人们对于意识流小说产生的背景，往往强调西方政治、经济、信仰危机的影响，瞿著则把伍尔夫的实验探索作为一个适应时代需要、突破传统规范、建立新型规范的文艺发展过程来考察。这样，瞿世镜就没有以社会学的分析为满足，进而从文艺内部寻找意识流小说及其他现代主义文艺流派的变化原因和演变规律。

过去，不少人往往把意识流简单地归结为艺术技巧。实际上，运用意识流技巧的作家很多，但写出的并非都是意识流作品。瞿世镜通过对伍尔夫作品的分析，指出意识流小说家同时还使用了多角度的叙述、特殊的象征意象和语言表达手段，而且还吸收了音乐、戏剧、诗歌中的某些因素，构成了一种特殊的、综合性的艺术形式。

过去，西方学者往往强调伍尔夫的艺术革新精神，强调她对文学传统的背弃与超越，却忽视了她对文学传统的继承与发扬。瞿世镜认为，文学的血缘是割不断的。伍尔夫虽系以人物内心世界为中心的现代主义小说的倡导者，但她并不鄙弃以典型环境中典型性格为中心的现实主义小说。瞿著以有力的材料、辩证的观点，论述了伍尔夫关于小说的非个人化等观点，是继承发扬了某些传统因素的结果，颇给人以启示。

过去，我们习惯于贴标签，以为说伍尔夫是意识流大师，她的全部作品也都是“意识流”了。实际不然。瞿世镜分析伍尔夫的全部作品，指出她从传统的现实主义小说出发，然后逐步确立了意识流小说的基本模式，最后又超越这一模式，创造了一种综合化的艺术形式。瞿世镜说，与其把伍尔夫称为意识流小说家，还不如把她看作一位崭新艺术形式的实验者与开拓者。实事求是精神的张扬，使瞿世镜得以接近与发现研究对象的本体。

此外，瞿世镜还对同是意识流大师的普鲁斯特、乔伊斯与伍尔夫使用意识流方法的不同作了比较分析，从而更加凸显了伍尔夫的独特性。这也较过去一般地介绍意识流更为深入了。

总之，瞿著能使读者对伍尔夫、对意识流小说有一个新的认识。尽管这一认识没有穷尽真理，但有作者发现的真理“颗粒”，这也就是一部学术研究著作的价值所在了。

1989 年 3 月

愿劳伦斯“名副其实”

对英国作家劳伦斯，我国读者原来对他是知之不多的，自从某出版社翻译出版了他的《查特莱夫人的情人》受到批评，这部作品被一些人视为“洋《金瓶梅》”以后，他的知名度陡然增高，不过，“名不副实”，他被简单地歪曲为：劳伦斯=《查特莱夫人的情人》=“洋《金瓶梅》”=色情淫秽。

实际上，这里的每一个等式都是不成立的。首先，劳伦斯≠《查特莱夫人的情人》。劳伦斯一生作品甚多，单长篇小说就有十部。他的成名作是《儿子与情人》，代表作是《虹》。我读过《虹》，它无疑是世界文学宝库中的一部上乘之作。主人公厄秀拉抨击现实，探讨人生，憧憬光明，寻找“虹”的形象是独特的。《查特莱夫人的情人》是他后期的一部作品，由于过于注重对男女关系的探讨，其中描写性爱的部分曾引起争议。但我们不能以偏概全，漠视他整个作品强烈的社会批判倾向。应该说，即使是那些性爱描写，也是“寓意严肃，爱憎分明”的。总的来说，还是服务于他对资本主义物质文明扼杀人性的激烈抗议的。而其描写的笔触，也是文学的。我以为，只要不是“一窝蜂”，适当地出版这部作品是可以的，大可不必像遇到洪水猛兽那样紧张。就是《金瓶梅》，虽有自然主义倾向，对性生活作了毫无艺术意味的粗俗描述，也不能简单地认为是“色情淫秽”的“淫书”。《金瓶梅》是我国第一部反映现实社会和家庭日常生活的长篇小说，鲁迅把它列入“世情书”，并给予相当高的评价：“作者之于世情，盖诚极洞达……”对这样的书，剔其糟粕，留其精华，出版洁本，系明智之举。不让广大读者与它见面，以“色情淫秽”一言以“毙”之，结果只能导致愚昧。如果进而把它作为一个淫秽的标杆，连同劳伦斯《查特莱夫人的情人》一起绑来“一锅煮”、一道“毙”，那就会离“明智”越来越远，陷“愚昧”越来越深。

因此，我以为，应多一些具体的、实事求是的分析，少一点简单的、捕风捉影的推论。新近《劳伦斯选集》在我国出版，这是件好事。有条件的话，希望能进而出他的全集。因为，全集才能为我们认识劳伦斯“全人”提供基础。我们需要认真地阅读研究他的作品，然后，肯定他应该肯定的，否定他应该否定的，而不可未读作品就以讹传讹，或作那种胡乱的推测：见到短袖子，就想到赤膊，想到裸体，想到性交，想到乱交。这样，对作家与作品，才是一种科学的、严肃的态度。愿劳伦斯这位在文学史上有很大影响也引起诸多争议的作家，由此在我国的评论界逐步达到“名副其实”。

1989 年 6 月

莫扎特与《伤仲永》

今年是莫扎特逝世两百周年，最近，上海举行了一系列纪念活动。我结合这些活动，阅读了一些有关莫扎特的著作，其中包括德国作家胡赫写的传记文学《莫扎特》。莫扎特四岁学习钢琴，五岁开始写作乐曲，八岁创作了几部交响曲，并且出版了他最初写的多首古钢琴曲和小提琴奏鸣曲，十一岁写了第一部清唱剧，十二岁写了第一部歌剧。这是音乐史上的奇迹，莫扎特因此一直被人们赞誉为“神童”。

作为“神童”，莫扎特自有他不同于常人的音乐天赋。然而，他之所以成功，之所以能成为维也纳古典乐派的杰出代表，之所以能把 18 世纪的音乐艺术提高到一个新的高度，还由于他全身心的不倦追求。他在他父亲的精心指导下，从小就开始了严格的训练和学习。为了探索先辈作曲大师成功的奥秘，他反复琢磨，有时在琴凳上一坐就是十几个小时。针对当时就有人把他看成一个不学而成的天才，他说道：“人们认为，我的艺术创作是轻而易举的。这是错误的。没有人像我那样在作曲上花费如此大量的时间和心血。没有哪一位著名大师的作品我没有再三地研究过。”这启示我们：无论具有怎样超凡的天赋，只有插上勤奋的翅膀，才能飞翔起来。否则，就会像王安石在《伤仲永》中所说的那个方仲永一样，尽管也是神童，五岁时能写出好诗，但由于“不使学”，写的诗每况愈下，到成年时，就“泯然众人矣”。

王安石本人小时候也是一位神童，据史书记载，他“少好读书，一过目终身不忘。其属文动笔如飞，初若不经意，既成，见者皆服其精妙”。他写《伤仲永》时，年二十三岁，是他考中进士后的第二年。他为“神童”仲永叹惜，除劝诫别人外，也有着自勉之意。王安石与莫扎特可谓是“心有灵犀一点通”。正是着意于勤奋的“灵犀”，使他们都没有泯然为“众人”，而成为成功的天才。

时代的发展，使具有超常天赋的好儿童越来越多地出现。对他们最好的爱护，不是醉心于对他们“受之于天”的天赋的空泛赞叹，而是要切切实实地“尽人事”，帮助他们“使学”。

当然，对儿童的培养和教育要因材施教、因势利导，不能强迫儿童去做力不胜任的事情。同时，还要考虑儿童身心的全面发展。莫扎特英年早逝，只活了三十五岁，一个重要原因是劳累过度，这个沉痛的教训也是值得记取的。

1990 年 7 月

倪墨炎笔下的周作人

周作人这个名字，在现代文学史上曾闪闪发光，后来却为人们所不齿。在周作人身上，集合着众多对立的矛盾。他既以叛徒自称，又以隐士自许。他说他灵魂里有两个鬼：流氓鬼与绅士鬼。他既利他，又利己；既入世，又出世；既傲世，又顺世；既“兼济天下”，又“独善其身”；既浮躁凌厉，又平和冲淡；既载道，又言志；既文学有用，又文学无用……可以说，在现代中国知识分子群体中，他称得上是最为复杂的一个人物。随着他内在的复杂矛盾向着消极方向变化，他终于从时代精神先觉者的角色“堕落附逆”，串演了一出背叛民族的丑角戏。对这样的人物作深入的研究，无疑有着多方面的意义。1949 年以前，若干进步作家已经在这方面做了一些工作。像何其芳于 40 年代写的《两种不同的道路》一文，对周作人与鲁迅一个“迷路”、一个“得路”的时代与个人原因的分析就相当深刻。可惜 1949 年以后对周作人的研究却中断了。新时期以来，周作人这样一个不能回避、也不应回避的历史存在，重新进入了人们的研究视野，并陆续有这方面的论文与专著问世。较之 1949 年以前的研究，由于研究者与研究对象拉开了一定的审视距离，这些著作一般具有较高的历史视角，论述富有新意、深意。就论述的全面、系统来讲，迄今要推倪墨炎同志的新著《中国的叛徒与隐士：周作人》(以下简称“倪著”)。

说全面系统，是由于倪著以辩证唯物主义为武器，对周作人在哲学思想、政治思想、文艺思想等方面的两面性都作了切中肯綮的分析，同时，把这种复杂矛盾的发展脉络理得很清楚。它在相当程度上达到了对周作人的整体把握，因而对许多矛盾现象的阐述严丝合缝，令人折服。比如，一个战绩斐然的新文化运动的骁将，一个多次痛斥过日本侵略者强盗行径的文人，怎么会失足成了汉奸？过去一些人把它归因为他娶了日本老婆。倪著排除此说，深入探索了周作人的思想发展，指出他的历史循环论使他产生了历史空虚感，看不到历史的前进，看不到人民的力量与民族的希望，丧失了民族的自信力，持抗战必败论，以至于多次为秦桧翻案。同时，随着形势日趋险恶，他的“苟全性命于乱世”的贪生怕死思想越发抬头。于是，“一声枪声，子弹没有钻进他的肚皮，却打弯了他的膝盖，他跪下来了，他屈膝事敌了”。不过，他跪下之前，有犹豫。北平是 1937 年 7 月 29 日沦陷的，至 1939 年 1 月 12 日，周作人才勉强接受第一个伪职——北大图书馆馆长。他在当天日记上写道：“下午收北大聘书，仍是关于图书馆事，而事实上不能不当。”这表明了他无可奈何的心情。跪下以后，他与革命者也还有过一些联系，多少也做过一些好事。突出的例子，是他对李大钊子女的帮助。这些，倪著均有精当的记述，从而全面勾勒了周作人复杂的政治思想情绪。

对周作人的艺术思想，论述也颇系统。倪著指出，从

“五四”到1927年，周作人结集的散文有《自己的园地》《雨天的书》《泽泻集》《永日集》等，这是他创作的第一阶段，亦即昌盛时期。这一时期的散文被人称为美文，为我国现代散文作了奠基性的贡献。1927年至1931年，是周作人散文创作的第二阶段，即作品数量最少的低沉时期。他在这一时期的政治态度是“苟全性命于乱世”，在散文创作上力图寻求逃避现实的出路。但由于“创作惯性”的作用，他的不少散文仍然是面对现实的，常常表现出不满现实而又想逃避现实的矛盾心情。从1932年起，他在政治上更为明确地逃避现实、脱离现实，在文艺理论上进一步鼓吹“文艺无用”论，在散文创作上崇尚晚明小品，主张抒发性灵，表现自我。这一时期他的作品数量得到发展，也偶有佳作，但大多是连篇累牍的抄书，谈不上什么艺术性。他的散文创作走向下坡阶段，即第三阶段。至于1939年失足后到抗战胜利前夕的几年间，他的作品更多是“掉书袋”式的读书随笔，虽越写越多，却越写越差，进入了末路。倪著以“美文”“雨天的书”“散文艺术的下坡”“散文艺术的衰败期”等几节，对周作人散文的发展过程作了仔细的论述。将它们连缀起来，就是一篇关于周作人散文艺术的系统论文。而且，由于这一论述融合在对周作人的整体考察之中，使人鲜明地感到，周作人的艺术思想是与他的政治思想紧密联系在一起的。他的散文艺术的滑坡，与他政治思想的滑坡是一致的。值得一提的是，倪著还专门论述了周作人在1949年以后写的“夜报小品”。过去不少人对此采取不屑一评的态度，倪著却实事求是地肯定了它在艺术上的成就，并认为这是他的散文艺术的复苏期。这也是倪著在论述上比较全面与系统的一种表现。

倪著的论述有一个突出的特点与优点，即都是在充分占有史料的基础上展开的。倪墨炎熟悉现代文学史，早就购齐了周作人的全部译著，以及周作人经常撰稿或由他编辑的刊物。在动手写这部著作以前，他又踏踏实实地查阅了敌伪时期全部的《新民报》《华北新报》和大部分《中华日报》，因而拥有许多鲜为人知的资料。像前面提到的周作人失足有个犹豫的过程，就是谁也没有说过的，他根据史料提出了这一新见解。又如周作人与鲁迅于 1923 年断裂兄弟之情，不少人认为这是两人政治上思想上的决裂，倪著根据大量史料，认为原因系家庭纠纷，矛盾的起点是家庭经济问题。当时两人思想虽有差别，但还不到决裂的程度。此后在支持女师大学生的斗争中，在与现代评论派的论争中，在与章士钊的斗争中，两人仍是并肩战斗的。到了 30 年代，两人才真正从思想上分道扬镳。对那种随意把鲁迅与周作人的思想分歧提前到 20 年代初，甚至提前到留日时期或辛亥革命时期的说法，倪著作了有力的、实事求是的拨正。此外，诸如 1926 年发生“三一八”惨案，周作人当晚就愤然写出《对于大残杀的感想》一文，1943 年 2 月周作人从伪教育总署督办的位置上下台后，汪精卫为了抚慰他，与他通过数次函电，这类史料，以前均未收集过，不易看到。倪墨炎钩隐抉微，从当时的报刊上一一搜索出来，为研究周作人提供了不少新鲜材料。

正因为大量占有史料，倪著就有可能在写法上有别于现有人物评传通常以评为主的风格，采取以传为主、评从传出的写法。这种写法，似更能体现人物评传这一文体的特性。因为人物评传不同于作品论、作家论，它的重点应落在“传”上。也就是说，它应该姓“传”，而不是姓“评”。自然，它不能离开评论，但评论应是从有关传主的大量材料中自然而然地生发出来的，而不是“材料不足评论凑”。倪著在这方面，为评传写作提供了新东西。同时，倪著用的是散文随笔形式，时而叙事，时而议论，时而描写，时而考证，时而抄引资料，可读性较强，没有通常理论著述的那种枯燥感。周作人的文字几乎都是随笔散文式的，这样来写周作人，就更显合适。此外，全书虽有三十多万字，但分为一百一十三节，每节一个中心，相对可以独立，一般只有两三千字。这样“化整为零”，读者即使在八小时劳作之后也可读上一两节，不至于太吃力。所有这些写法上的出新，与前面说的史料上、见解上的出新结合在一起，使倪著充溢着一股新意，为周作人研究开辟了“新版图”。尽管“新版图”是微小的，但重要的是有了“新”。有了“新”，就不是原地踏步，不是简单重复，而是在前进，在开拓，在创造，在发展。自然，倪著如果能多用点力，从历史文化的角度好好总结一下周作人，开拓之功可能更大些。我们期待着作者的下一步与下一部。

1990 年 11 月

“边缘人物”张元济

在中国近现代思想文化史上，人们经常提到康有为、梁启超、陈独秀、胡适这些处于历史旋涡中心的人物，然而，正如《仁智的山水：张元济传》的作者吴方先生所指出的：“历史生活的结构，不仅有‘中心’，亦有‘边缘’。‘边缘’实际上乃是‘中心’的前提，若无边缘，中心也无从显示了。”因此，以回眸百年历史与人物、对20世纪作整体性反思的“世纪回眸·人物系列”丛书，在对传主的选择上，既包含那些处于历史舞台中心的风云人物，也包括像张元济这样不骛高远、安于笃实的具有真才实学的专家学者。

《仁智的山水：张元济传》表明，在这样的“边缘人物”身上，同样交织着复杂的历史烟云，蕴含着独特的社会意蕴与价值，耐人思索与寻味。

张元济生于1867年，卒于1959年。在近一个世纪的生涯中，他经历了激烈的社会动荡。早年也曾追随康、梁，参与维新，并受过光绪的召见。政变失败后，他被“革职永不叙用”，随即举家南下，从事教育文化出版工作，借开发民智以求社会的改良。他甘于寂寞，孜孜矻矻，几次坚辞北京政府的任命，倦于仕进，躲避历史旋涡的中心。这与他“不求闻达于诸侯”、淡泊名利的人格有关，同时也由于他不热衷政治，而钟情于以思想文化的变革来促进社会的变革。应该说，在当时的历史条件下，没有社会制度的变动，单靠文教“兴邦”是难以奏效的，但张元济“开启民智”的工作，终究是对“兴邦”有益的。政治上的振臂一呼者，固然应受到历史的垂青，文化上的默默耕耘者，也不应为历史所忽视。

张元济的思想文化态度既是开明的，又非激烈的，有一种“前进中保守”的色彩。他积极推动“新学”的传播，又不遗余力地整理出版传统文化典籍；他积极鼓吹对许多既有的风俗制度进行变革，又谨守传统的道德规范，弘扬人格的价值；他趋新而不躁进，主张渐进的改良、有序的变革，张扬中庸与调和。按照那种二元对立、非此即彼、你死我活、斗争至上的思维逻辑，对此显然是要摇头的；然而，历史的经验告诉我们，世事纷繁复杂，再不能那样简单地绝对地看问题了。张元济的思想性格与学术个性，特别具有一种历史的启迪意义。

要了解中国近现代史和当时的风云人物，《仁智的山水：张元济传》是值得一读的。

1995 年 6 月

瞻仰吴敬梓纪念馆

1986年8月，到了“环滁皆山也”的滁州，在办完了要办的事，并游览了“林壑尤美”的琅琊以后，地委书记陆子修、副书记王德颂建议我去全椒走走，他们说：“吴敬梓纪念馆刚刚落成开放，它耗资近百万，为我国新建的最大的文人纪念馆，很值得去看看。”

他们的话，撩拨起我浓郁的乡思。全椒是我的故乡。1947年，我14岁离乡外出求学，以后浪迹天涯，很少回去。

1983年，我由合肥返沪，与安徽作家曹玉模结伴，曾路过全椒。据曹玉模介绍，全椒是全国最早实行农业生产责任制的县份之一，农业和林业生产在全省都名列前茅。那天，我进入县城，第一个鲜明印象是这里矗立着一座漂亮宽敞的汽车站，南来北往、东去西行的长途汽车、旅游专车以及农村的公共汽车在这里流动穿梭，有着现代化的气氛和节奏，与1949年以前那种闭塞窳败的气象不可同日而语了。当年，全椒与外界的联系不是用火车，也不是用汽车，而是用毛驴，用板车，用“11路”。1947年，我就是靠两条腿走到滁州，然后挤上现在用来装煤的露天车皮，被带到南京的。

出汽车站，与前来迎接的县文化局同志寒暄，因为我难以改变的口音，很快被认出是全椒人。但是，全椒城，我却不大认识它了。原先最热闹的西门大街已沦为一条冷僻的小街，而成为现在全椒的“南京路”的，却是原来的一些僻巷窄弄。儿时常去嬉戏的一些野岭、荒地、坟场，有的成了工厂，有的成了电影院，有的成了宿舍区，儿时的足迹已难以辨认，儿时的印象也难以捕捉。当天，我在日记簿上生剥了唐人贺知章的《回乡偶书》抒怀：“少小离家老大回，乡音无改鬓毛衰。故土相见不相识，笑感旧貌换新颜。”

不过，美中有不足，或者说，喜悦中也有遗憾。那就是我寻访吴敬梓的遗迹，竟一无所得。吴敬梓于 1701 年诞生于斯，1733 年移居白下，在全椒度过了三十三个春秋。全椒系我国古县之一，历史悠久，人文荟萃，特别在明清两代，“高门望族”颇多，够得上名列“儒林传”和“文苑传”的人士不少，而使“说部中乃始有足称讽刺之书”的吴敬梓，是其中最灿烂的一颗星。这颗星已光耀全球，并定将烛照千古。可在他的故土，为什么竟“往事如烟了无痕”呢？文化局的同志说，1959 年曾在全椒县城南屏山顶建造过纪念馆，并收集了一些珍贵资料。郭沫若专门题了诗：“一史绘儒林，燃犀烛九阴。谢除脂粉态，活跃斗筲心。贬俗前无古，传真始有今。施罗笔调在，暴政岂能喑。”“文革”中这个纪念馆被“革”掉了。70 年代中期，有个外来人问及吴敬梓，当地一位负责人瞪着双眼，反问道：“吴敬梓？吴敬梓是哪个公社的？”愚昧一至如此，就难怪“斯文”被一扫而空了。吴敬梓的故宅位于河湾街，为吴敬梓曾祖吴国对所建。吴国对是清顺治十五年的探花，故宅称“探花第”。当年有正宅近十进，前为河湾街肆，面临襄河，背有“遗园”，溪水如带，蜿蜒其间，四周茂林修竹，十分幽静。但于清咸丰年间毁于兵火。我幼时就只睹遗址，不见故宅了。但当时还留有门前四座鼓形旗杆石，供人凭吊。那天我去了，只见遗址上覆盖着一座座房屋，确切方位已无法辨认。旗杆石也不见踪影，据说，也是在“文革”时期被人搬到什么地方砌井台了。我独自站在河湾街，面对着碧波荡漾的襄河，思绪悠悠。我想到，整整二百五十年前，即 1733 年 2 月的一天，33 岁的吴敬梓携家带口，正是从这里——“探花第”门前的码头上了船，顺襄河，下滁河，渡长江，到南京，从此开始了他的“秦淮寓客”的生涯。然而，在他的后半生中，在他的诗文中，一直未能忘怀哺育过他的故土。《儒林外史》中有关尊经阁、宝林寺的描写，均取材于全椒的景物。他卖掉全椒故宅“探花第”，以所得的一部分银子在南京建造光贤祠一事，也被融入《儒林外史》中建造泰伯祠的情节之中。今天，他的后代能够就这样看着这位文化巨人在故土的遗迹与情丝被一一抹掉、斩断吗？

临行前，我颇为激动地向文化局的同志建议，要设法找回那四个鼓形旗杆石。他们说已经在找了，并且告诉我，进入 80 年代以来，由于经济发展迅速，全椒人民开始过上“衣食足”的生活，因而也就能够逐步考虑文化之事了。吴敬梓纪念馆的重建工作已经开始筹备，有关吴敬梓的文物征集工作也已着手进行。得悉这一情况，我的心情由阴转晴。听说，全椒还有几位吴氏后裔在，我建议访问他们，并搜罗材料，力争绘制出一张当年“探花第”的建筑图来。我说，这些事都得“赶快做”。文化局同志也说，要“赶快做”！

果然，“赶快做”了。如今，一座大大超过 1959 年规模的纪念馆已经建成开放。滁县地委负责同志是不无骄傲地提到它的。我以为，这是值得骄傲的。这不仅因为滁县地区出过这样一位伟大的文化名人，而且由于它显示出我们现在是真正开始认识与重视文化与文化名人的价值了。

翌日晨，在地区文联同志的陪同下，我再次去往故乡。全椒离滁州 22.5 公里，不到半小时就到了。尽管是日酷热，我们还是未作休息，即去吴敬梓纪念馆。纪念馆坐落在城北的走马岗，背山面水，是具有明清艺术风格的建筑群。它粉墙黑瓦，飞檐翘角，按地势坡度分为三个层次，高低落差达七米之多。我们经门厅拾级而上，在玉石栏杆围绕的过厅里盘桓。这里地势高旷，凉风习习，置身于此，暑气顿消。凭栏俯视，但见馆前一涧（名“舟门涧”）环绕，涧中荷叶亭亭，涧旁杨柳弄姿，风光旖旎，令人赏心悦目。纵目四周，笔峰之秀，风光之雄，椒城美景，尽收眼底。再放眼远眺，项羽迷道的阴陵山，王安石作记之褒禅山，韦应物寄诗之神山，以及欧阳修遨游之琅琊山，均遥遥相望，隐约可见。尤其值得称道的，是过舟门涧即“探花第”后花园的遗址，足使参观者遐想、寄兴。我们都称赞馆址的选择之善。

由过厅再上正厅，正中一间端坐着吴敬梓的塑像。两百多年前，人间尚无摄影术，吴敬梓也未留下画像，这一塑像是今人按想象塑造的。清瘦的身躯，文雅的气度，长衫布履，一卷在握，还是颇为传神的。只是面部无须，似可研究。我记得，陈汝衡先生著有《吴敬梓传》，曾赠我一本，其中的主人公像是有须的，似乎更能反映吴敬梓这一清代名士的风貌。县里的同志说，不少参观者也有这一意见，雕塑者已在考虑替这座雕像装上胡须。正厅东西厢房，陈列着《儒林外史》的各种版本，包括英、法、德、俄、越等国各种外文译本。它表明，吴敬梓的这一文学巨著，早已成为世界人民的精神财富。但资料也表明，在作者生前，《儒林外史》并没有刻本。现在能见到的最早刻本，为清嘉庆八年（1803）卧闲草堂本，这已是吴敬梓死后四十九年的事了。晚他十几岁的曹雪芹所著《红楼梦》，也是在作者逝世后方始刻印流传的。不过，它们一经传开，就越传越广，任何力量也无法遏止了。中国古典文学作品的双璧同此命运，大概是因为它们都“人心世态尽情描，入木三分笔似刀”吧。正厅中有楹联，下联为“际遇略同与曹芹圃南北相望文光看四射是当时照澈魑魅两颗明珠”，我以为好。厅中还陈列着吴敬梓《奉题雅雨大公祖出塞图》手迹诗，此系迄今仅见的吴氏亲笔手迹，书法挺秀洒脱，至为珍贵。

由正厅折向东西两侧庑宇。东庑陈列着国内外研究《儒林外史》的学者专家的多种论著，“吴学”正继“红学”而兴起。西庑陈列着吴敬梓曾祖吴国对手书石刻十余块，颇具鉴赏价值。县里同志说，纪念馆的建设目标不仅是成为中外游人的参观游览点，而且要成为“吴学”的研究中心。6月份，来自全国各地的中国《儒林外史》学会会员以及一位来自美国的研究者，已在这里举行过三天的学术讨论会。真是“宏开堂馆昭寰宇，一代文星永不磨”。

纪念馆占地面积达5000平方米，建筑面积为1000平方米，厅、堂、廊、庑，相互连接，四周更围以透漏花墙，组成一座建筑整体。赞之者说，它既有南方园林之秀，又有北方古建之雄。我以为，它“雄”则有之，“秀”嫌不足。主要是它的建筑物都是直线排列，缺乏应有的曲线变化，因而它有庙堂式的庄严，却少宅第式的随和。而对吴敬梓这样的文人来说，纪念馆最好是有点生活气、人情味。当然，这是小疵，无碍其整体的雄伟、庄严、古朴、典雅。参观后，我觉得，当年的实物少了点，需要进一步广泛收集。我又提到那四个鼓形旗杆石。县委宣传部部长龚金龙说，找到了，已放在馆门外。我随着他去看了。真是四个巨大石鼓，周长在四米以上，高约一米，中央为一深深的圆洞，用以插旗杆。想当年吴氏“探花第”的门前，是怎样高高地飘扬着它的旗帜啊。可是，物换星移，“探花第”的旗帜早已倒了，能够永远飘扬下去的，是那“笔扫千年弊”的《儒林外史》。

中午，去县招待所进餐。招待所的背后有几亩池水，名荷花塘。据说，当年的吴敬梓常踯躅其间。《儒林外史》第一回，描写王冕在七柳湖放牛，学画荷花，就是取材于这里。饭后，不顾骄阳似火，我漫步塘边，只见水面清澈，波光粼粼，四岸夹种桃柳，颇富自然情趣。惜荷花荡然无存。询之于县里同志，他们说，打算植藕。而且要恢复塘中原有的一个小岛，以曲桥与岸相连，供人们观赏、游览、凭吊、遐思。我欣然：故乡的变化，故乡的“旧貌换新颜”，已由物质、经济领域推向精神、文化领域了。而且越来越多的人自觉到这种变化，这一更高层次的变化。

1986 年 9 月

谒茅盾故居

11月初，得钱君匋先生函，谓君匋艺术院定于11日在他的家乡桐乡县举行落成典礼，嘱我届时参加。当天，又接赵家璧先生电话，相约结伴同行，并称茅盾故乡乌镇也在桐乡，正可顺道瞻仰茅公故居。我欣然应命。

桐乡县城位于沪杭公路中段，离上海约150公里。10日下午1时半，我们从上海启程，冬日苦短，车过嘉兴时，那浮动在杭嘉湖平原上的又大又红又圆但又显得疲乏无力的夕阳，已迅速沉到地平线下了。6时半抵桐乡，浓黑的夜幕已严严实实地拉紧，公路四周一片寂静。依靠簇簇灯火的指引，我们顺利找到了县招待所。这里可是人声喧哗，车水马龙。沪、浙、皖以及香港等地的文艺界人士正云集这里，赞扬钱君匋先生将毕生收藏的价值6000万元的书画文物悉数捐献给家乡的义举，祝贺桐乡人民以120万元巨资建造的多功能的君匋艺术院落成之喜。我们打听了11日的日程，上下午均有活动，原定下午返沪前去乌镇的计划看来要落空了。先期到达的谷苇兄建议我们在上午10时落成典礼举行前“挤”点时间去一下。他说，他看过不少名人故居，但大多数是“假古董”，茅公故居则是真迹、真品，不可不看。

乌镇乡在桐乡县北部，距县城13公里。11日一早，我们驱车沿近年修建的桐乌公路到达这个河道纵横、水街相依的秀丽古镇时，茅盾故居尚未到开放时间。我们踯躅在农副产品的集市上，只见人群熙攘，物资充足。四街商店林立，购销两旺，一派民安物阜的景象。这与茅盾当年以这里为素材，于《林家铺子》等作品中所描写的商业萧条、民不聊生的景致，何啻天壤之别。我心头不禁浮动起老通宝的一句话："真正世界变了！"

8时整，我们作为这一天的第一批参观者，进入茅公故居。故居的一位工作人员得知赵家璧是茅盾的故友，曾经编辑出版过茅盾的三本书，最近还写了一篇《编辑生涯忆茅盾》的长文，就热情地陪同参观。这是一所靠街四开间的老式住宅，分成东西两个单元。前后两进，中间各有一个小小的石板天井。房屋虽然经过修缮，但一切仍保持原样。进大门后，首先映入眼帘的是一尊茅盾铜像，系钱君匋捐赠，张充仁雕塑。茅盾手执钢笔，凝目深思，仿佛人间的喜怒哀乐正化为他笔下的汹涌波涛，生动地展现了这位一代文宗的胸襟与风采。赵家璧伫观有顷，连称"神似，神似"。

随后，我们就开始追寻茅盾的最早足迹。茅盾于1896年诞生于此，1910年外出求学，在这里生活了十三个春秋。现在，二楼茅盾出生的房间，底楼茅盾读书的家塾，均按原样保存着。当年祖父母、叔祖父母以及姑母住的房间，则辟为陈列室。它珍藏有茅盾最早的墨稿——三十二篇小学时的作文。据说，它是近年由桐乡文化局在民间收集到的。它表明茅盾在人生的开始阶段就极为勤勉好学，并富有识见。有一篇题为《试论富国强兵之道》的作文，老师对文中的“大丈夫当以天下为己任”一句加以密圈，并写了“十二岁小儿，能写此语，莫谓祖国无人也”的批语。还有一篇十三岁时的作文，老师也是密加圈点，批语是：“好笔力，好见地，读史有眼，立论有识，小子可造，其竭力用功，勉成大器。”面对这些文物，我们赞佩“小子可造”的茅盾，同时也赞佩这些识人、“造人”的伯乐式老师。

“第一个启蒙老师是我母亲”——茅盾后来这样说过。信然，其母陈爱珠，出身于名医世家，通晓文史，思想开明。在茅盾四五岁时，就一字一句地教他读当年上海澄衷学堂编的《字课图说》《地理歌略》一类新书。她还把自己读过的《史鉴节要》用浅近的文言文编为一册初等历史教本，教授茅盾。我们在陈列橱里看到这些书本，犹如看到一颗伟大母亲的心。此后，她又支持茅盾及其弟弟沈泽民投身革命。因此，茅盾对母亲的感情特别深，在1940年4月他母亲于乌镇逝世以前，他不时回乡探母。这种真挚高尚的母子情，也是值得弘扬的。

在房屋后面，一座高墙相隔，有三间比较新式、略带日本风味的书斋。它原是三间平房，30年代初茅盾用稿费加以翻建而成。设计草图也是他亲自画的。靠西的书房，中间用一排浑然一体的书橱、衣橱相隔，但又保留着一个漂亮的圆形的通道，隔而不断。同行的聂文辉兄赞叹其设计之巧。我说，这是现在流行的组合家具的“祖师爷”。书斋南面，有茅盾手植的天竺和棕榈，勃勃有生意。周围环境十分幽美。茅盾曾几次在这里写作。现在，这一角景观，在报刊上几乎成为茅盾故居的“代表性画面”了。

出故居，我们又在镇上盘桓了一会儿。乌镇名胜古迹甚多，宋、明时有老八景、新八景之说。现在留下的，如茅公 1977 年在给故乡的一首词中写的：“唐代银杏宛在，昭明书室依稀。”我们去看了，两处都已列为县重点保护文物。其余的景物，有的未能保留，殊甚可惜，有的则属于“废兴成毁，物理之常”。“吴疆越界”的古镇，如今“旧貌换新颜”，我想，经过认真比较选择，似可定出一个“新八景”，“真古董”的茅盾故居即是其中一个佼佼者。回到桐乡县城，正好上午 10 时，君匋艺术院落成典礼开始，发言者赞扬钱君匋与桐乡县领导为“有识之士”，办了一件造福子孙的事，我思想“跑马”，想到桐乡县城自此肯定多了一个耐观赏的新“景”。

1987 年 11 月

访徐志摩墓

徐志摩是我国现代文坛上一个充满浪漫主义气息的诗人。1931年，这位年仅35岁的才子在意外的空难中结束了年轻的生命，灵柩归葬故里硖石。他的墓前立有一块高于墓的石碑，上书“诗人徐志摩之墓”，系同乡书法家张宗祥所题。立碑时间为1946年，离徐志摩遇难已近十五个年头。归葬时何以没有立碑？据说是为了等作家凌叔华写碑文，此事一时未果，就拖了下来。

该为徐志摩写什么碑文呢？我站在坟前想，不妨就用徐志摩自己的名句：“轻轻的我走了 / 正如我轻轻的来 / 我轻轻的招手 / 作别西天的云彩。”

徐志摩是“轻轻的来”的。徐志摩说，他写诗，“那是再没有更意外的事了”。他查过家谱，从明朝永乐年开始，他们家族没有人写过一行可供传诵的诗句。他自己在24岁以前，对于诗的兴味远不如对于相对论或民约论的兴味，他父亲送他出洋留学也是要他将来进入生意场，做徐家的接班人。可是，他的浪漫主义气质受到康桥文化的洗礼，使他的诗情像“山洪暴发，不分方向的乱冲”，以至“什么半成熟的未成熟的意念都在指顾间散作缤纷的花雨”。于是，自然而然地，意料之外地，“轻轻的”走来了诗人徐志摩。

徐志摩又是“轻轻的走了”。他走得那么突然，没有一点前兆。他从南京去北平，本是可以乘火车的，但是，他“想飞”，要“云游”，他坐上了一架运送邮件的小飞机，乘客仅他一人，结果化作一缕青烟，“轻轻的”飘向了天外。尽管白马山下那声轰天巨响给文坛以极大的震动，然而，徐志摩自己并未作任何留言、任何交代，只是“轻轻的招手，作别西天的云彩”。

六十多年来，对这位崇尚爱，“没有别的天才，就是爱；没有别的能耐，就是爱；没有别的动力，就是爱”，艺术灵感常常以爱情来激活的诗人，在认识与评价上并非一致。不过，他的浪漫主义的热烈追求，他的诗作的独特艺术成就，却愈来愈多地得到历史的认同。

走下西山，我想在硖石多寻点徐志摩的遗迹。当见到海宁市地图上标有徐志摩故居和张宗祥故居时，我欣然雀跃。但问了几个人，都不知徐志摩故居，原来两处故居均未修复开放，一般人也就不知道这样的“景点”，地图上之所以标出，乃出于旅游宣传的目的。第二天一早，我按地图上的标志去寻找，几经询问，干河街一幢围以院落的二层楼房，被说成是徐志摩的出生处。该房屋建造之讲究，在当今的周围建筑中，仍是“鹤立鸡群”，可见徐志摩的父亲徐申如当年作为硖石镇商会会长的经济实力。此房现为一家银行所用。我很想进去看看，惜铁门紧锁，只得盘桓一阵离去。张宗祥故居在离此不远的建设路旁，问了几个人，均未能明确具体地指出方位，遂怅然而返。海宁市有关人员告诉我，市领导很重视这些“文化资源”，待以不多的时日，定能一睹这两个故居的真颜。我等待着再去硖石。

1998 年 5 月

王国维故居探“谜”

中国现代文化史上有两个谜：一是风流才子李叔同的出家，二是国学大师王国维的自沉。关于李叔同落发为僧，遁入空门，李叔同自己还留下一篇《我在西湖出家的经过》，讲了他出家的远因和近因，虽然这一自述还不十分“解渴”，但总算有了一个可以琢磨的凭据。而王国维纵身昆明湖，两分钟不到即已气绝，留下的遗嘱仅百字左右，直接关系死因的，唯“经此世变，义无再辱”八个字。人们对这八个字的理解，仁者见仁，智者见智，仍然陷于一团“谜”雾中。

因此，王国维的遗迹遗事，就更多地引起人们的关注。

1998 年 5 月 10 日，海宁市在盐官举行春季观潮剪彩仪式，我应邀前去参观。海宁潮那种“地卷银山万马奔”的气势，真是蔚为壮观。然而，引起我更大兴趣的是参观王国维故居。王国维 1877 年生于盐官镇。这是一个富有浓郁江南色彩的小镇，绿云簇簇，碧波粼粼，尽管也注入了不少现代市廛的嚣浮嘈杂，但总体上还留有一种宁静、幽美、闲定的古韵。王国维故居离著名清代大学士陈元龙——即传说中为乾隆皇帝生父的陈阁老的故宅不远。故居坐北朝南，三间二进，前有天井，后有园圃。天井中东植桂，西种榴，园圃中除丛丛花草外，数株松柏傲然而立。管理人员说，这所宅院曾为居民居住，前几年政府把它收回来，按照过去的面貌加以整修，“东桂西榴后松柏”，就是当年的一个重要特色。

过天井，进入大厅。厅中央放着王国维的半身塑像。面孔清癯，唇上有髭，架黑框眼镜，穿中式长袍，戴瓜皮小帽，两眼深邃而迷茫地注视着前方。不知塑像的作者是谁，即使是无名之辈，也应该肯定，他以雕塑的形式较好地展现了王国维特定的外在形象与内在气质。塑像两旁，挂着“学贯中西”和“博大精深”的对联。四周的文物柜，置放着有关王国维的一些文物史料。墙壁上的一组画，展现了王国维短短五十年生涯中的一些重要活动。管理人员在介绍时，特意说到王国维的自杀并不是为清室殉节，而是受罗振玉逼迫所致。罗振玉为王国维之友，王国维早年曾就读于他在上海创办的东文学社，后随罗去日本。罗振玉的女儿后嫁王国维的长子，两人又成了儿女亲家。1926 年，王国维的长子病故，罗振玉的女儿回归娘家，引起一些矛盾。1927 年上半年，作为清朝遗老的罗振玉更蛮横无理地向王国维逼债，迫使王国维在 6 月 1 日走上了绝路。

这一说法，管理人员自然也是听来的。他们乐于采信此说，而不愿采用流传较广的殉清说，表明他们乡梓情深，不愿说王国维自沉是为封建社会殉葬。我们感其情深，但似乎尚难解开心中的谜团。王国维“经此世变，义无再辱”的话，恐怕不能仅止于子亡媳走友逼这样的“世变”吧？

我们想再看看究竟。穿过大厅，越一过道，进入后院，这里为两层木结构楼房。管理人员说，王国维祖上属中产人家，父亲亦儒亦商，原住在盐官的另一个地方，王国维 8 岁时迁居这里。王国维住在楼上，常从其父学习骈散文及古今体诗，并自攻金石书画。我们顺楼梯而上，楼上原物一无所有，四周挂着王国维先生的创作年表，并有一些著作陈列其间。我们盘桓一会儿，未发现什么新的资料。只听管理人员说，先生幼时勤于学，“晚自塾归每泛览焉”，同时，“体素羸弱，性复忧郁”。

好学的品性，忧郁的性格，应该说都影响着后来的王国维。好学，加以先天的禀赋，使他在学术上卓然成为大家。忧郁，常使他内心贮满矛盾与痛苦，如他自己所说：“人生过处唯存悔，知识增时只益疑。”常“悔”常“疑”的性格，使他在 20 年代那个特定的时代，内心充满着矛盾冲突——既对清室灭亡有着同情，又悲愤于袁世凯窃国的无耻；既认识到革命乃大势所趋，又失望于革命之后的政局；既不想介入政治纠纷，又担心因与逊清的关系而堕入政治旋涡之中——从而深深惧怕受到迫害污辱而又无法自我辩白，于是以一死来保持人格上免遭污辱，精神上不受磨难。叶嘉莹教授在《王国维及其文学批评》一书中说，王国维之死“乃是性格与时代所造成的一幕极可悼惜的悲剧”。我信奉此说。质之于同行的几位友人，他们说，在动荡混乱的年代，思想敏锐而复杂的知识分子往往会发生这样的悲剧。1918 年，梁漱溟的父亲梁巨川先生也是自杀而亡。他留下遗书说：“我身值清朝之末，故云殉清；其实非以清朝为本位，而以幼年所学为本位。”这似乎与王国维自沉有点相通。若如此，王国维说的“经此世变，义无再辱”也大致可以得到理解。

自然，这也仅仅是一说。王国维的自沉之谜，有待继续研究。我们建议故居能多收集一些史料，把故居也变成一个研究王国维的点。管理人员称善。

1998 年 6 月

独一无二的孔林

2000年5月，我在济南开会，顺道去曲阜“朝圣”。那天，我们先瞻仰了孔庙，继而参观了孔府，最后来到古树森森、青草萋萋的孔林。“三孔”都给我以强烈的印象，唯孔林最盛。

作为“天下第一庙”的孔庙，结构严谨，巍峨壮丽，显现着孔子的伟大和儒学的博大精深。作为“圣人家”的孔府，有九进院落，分为中、东、西三路，建筑布局既宽敞开阔，又意境幽雅，是典型的官衙与内宅合一的贵族庄园。然而，孔庙正因为是“天下第一庙”，“天下”也就还有第二、第三……庙，尽管规模、气势较它小得多，而且都是仿效它的，但从类型上说，它也就并非唯一的。同样，孔府正因为是一种典型的贵族庄园，类似的府第在中国封建社会中也就并不鲜见，虽然它在规模、气势上独领风骚，但也难说是唯一的。

真正堪称唯一的是孔林，在全中国乃至全世界都找不到相似的第二处。相传孔子死后葬于此处，弟子以四方奇木来植，当时林地不大，但树种颇多。此后，自汉迄今，经过多次大规模植树，林地逐步扩充到三千亩，大于曲阜城的面积。目前林木有四万多株，其中近万株为古树名木，被列为国家一、二级“活文物”。孔林是一座历史悠久的人造园林，是一座“活化石”似的自然博物馆。不过，孔林的独特更在于内有大量坟冢，是两千多年来埋葬从未间断过的一座规模宏大、保存完好的氏族墓地。在这里，可考春秋之葬，可辨秦汉之墓，可证我国丧葬风俗的演变乃至政治、经济、文化的发展。

孔林周边长达 7 公里以上。我们沿着内中的环林路驱车缓行，只觉绿荫蔽日，杂草匝地，繁花点点，墓冢累累，碑刻林立，石仪成群。一种静谧、幽深、神秘的气氛迎面扑来。树多楷、柏、桧、槐，一株宋代的楷树，高达 18.79 米，身围 5.18 米，巍然高耸云天。遍地的林中草，从未经过人工修整，一派烟草凄迷中掩映着一座座古坟，令人生清冷幽远之思。离此不远的孔庙庭院内，却是鹳飞鹤舞，鹊鸣雀喧。传说每晚还有三千乌鸦飞来护卫孔子神灵。在孔庙参观时，我看到一只只类似白鹭的鸟立在郁郁葱葱的古树上，作沉思状。我向同行作家张炜开玩笑，说他有时也作这种思想家的神态。可是这里的林更大更密，却没有了鸟。对这种“鸟巢长避楷林风”“凡鸟不敢巢深林”的奇特现象，张炜解释说，这是一种尚未被破译的神秘现象，莫不是不敢惊动神灵，让安息在这里的神灵能好好安息吧。

在这座园林里颇多这样的神秘。当我们走上通向孔林的神道，就见到夹道而立的苍松翠柏，少有正顶。传说中，原来这些树都是“其直如矢”的，后因一个精于奇门遁甲的孔家偏支子弟用“除法”削去正顶，以表除掉“正支”发“偏支”之意，以至神道边的松柏至今仍是一副屈曲扭折如龙似虬的模样。孔子之墓与其子孔鲤、其孙子思的墓紧紧相连。据介绍，孔子的墓，按当时的习俗，“墓而不坟”。秦汉时变为覆斗型坟冢。明代改为“马鬣封”。我们现在看到的，就是这样一个状似隆起马背的墓冢。墓前有明代巨型石碑，上刻“大成至圣文宣王墓”。孔鲤与子思的墓，先是沿用周制：“先王之葬居中，以昭穆为左右”。孔鲤之墓“昭”于左，子思之墓“穆”于右，成“子昭孙穆”的墓葬格局。后随时代的变迁，子思墓移至孔子墓前，变为携子抱孙的格局，墓制的变化也正反映着社会的变化。

这里的墓葬主人尽管都是孔子的后裔，其等级仍然森严。历代衍圣公的坟冢规格较高，坟前设石供、石仪。一般的坟冢，则只立个石碑。石碑也有大小。妇女未见单独立碑。一个例外，是孔子七十三代孙为他的母亲于夫人立有牌坊，上书“鸾音褒德”四个大金字。原因是于氏乃乾隆的女儿。历史上乾隆曾九次到曲阜，除了祭祀孔子外，为的就是看女儿。

孔门多才子。我们在“向人难折病时腰”的孔尚仁墓前踯躅较久。孔尚仁是孔子六十四代孙。他做过康熙的引驾官和国子监博士。因对南明兴亡颇多感慨，写了一部反映南明王朝亡国之恨的《桃花扇》来“惩创人心”，因而被罢官。他虽非衍圣公，墓前也有石供案，大概由于他做过官，而不只是写过文吧。石碑上阴刻的“奉直大夫户部广东清吏司员外郎东塘先生之墓”的楷书端庄有力，可字面上却被描以鲜红的红漆，显得很不协调。

孔林中也有一些外姓人的踪迹，主要是孔子的弟子，突出的是守墓六年的子贡。孔子墓西，有屋三间，标为“子贡庐墓处”。稍东，则有一段子贡当年手植而后遭雷火焚枯的楷树，标为“子贡手植楷”。这些传扬千古的尊师儒行，透露出这座安息着孔门魂灵的孔林，也是一座实实在在的儒林。

2000 年 6 月

在梵高、伦勃朗的画前

荷兰产生过两位名垂千古的大画家——17 世纪的伦勃朗和 19 世纪的梵高。他们的作品，现在都是价值连城。世界上哪家博物馆哪怕拥有他们一件原作，就会身价倍增。最近，我到荷兰首都阿姆斯特丹，荷兰朋友骄傲地向我介绍的观光点，就有梵高博物馆和大量收藏伦勃朗作品的国立美术馆。

在这两座恢宏的博物馆里，面对琳琅满目、震撼灵魂的艺术杰作，我在想，这两位名垂千古的艺术大师，生前却少有名气。他们的作品现在价值连城，生前却无人问津。梵高一生画了几千幅画，生前只售出一幅，售价不过几美元。伦勃朗的作品早期境遇要好些，后来也鲜有买主。因此，他们生前都十分穷困潦倒。梵高经常挨饿，有时连续几天靠喝水充饥。伦勃朗死时几乎无钱安葬。他们生前如此凄惨，身后却愈来愈辉煌，怎么会有这样巨大的反差？

自然，这是由于人们认识他们有一个过程。

问题是，是什么东西延缓了人们对他们的正确认识？

伦勃朗有一幅代表性的油画，名叫《夜巡》，在美术馆里占据了一方显著的墙面，有一名工作人员站在一旁，司保卫与宣讲之责。据说，正是这样一幅色调明亮、对比强烈的传世之作，使伦勃朗陷入了悲剧。原来，这是阿姆斯特丹的权贵们要伦勃朗为他们画的一幅炫耀战绩的作品。伦勃朗没有平均使用力量，让人人都得到同样的光度，而是对人物巧作安排，构成一个艺术整体。他们之中，有些人画在亮处，有些人画在半明半暗的地方，还有人只露个侧面。权贵们抱怨说，大家付的钱一样，为什么在画面上的地位不相等？对于这种指责，伦勃朗答道，他的任务是创造美，而不是计算人数。这样，伦勃朗维护了艺术的尊严，维护了自己的创作个性，却违逆了权贵们的意志，损害了自己的生计。

梵高落魄的原因，则要纯艺术些。他感情炽烈，个性突出，笔触和色彩犹如燃烧的火焰、急流中的旋涡。他把他所描写的对象当作表现自己热烈、激动的主观感情的媒介，那幅著名的《向日葵》，就是以夸张的色彩宣泄他的主观印象与感受的。这种主观强烈的艺术风格，加上看似幼稚粗放实则大智若愚的画技，不为当时的人们所接受。他被世人的冷漠、偏见虐杀了。

这表明，真正富有个性的艺术与富有艺术的个性，在过去的时代要顺利生长是并不容易的。梵高深刻地体会到这一点。他在给他的弟弟西奥的信中说道："我认为伟大人物的历史就是悲剧。他们不仅在活着的时候遇到很多阻力，而且往往在他们的成就得到公认的时候，他们已不在人间。"梵高自己就是这样的命运。

现在，时代条件不同了，人才的生长环境相对说来要好些了。但是，又有谁能说，真正富有个性的艺术与富有艺术的个性，不再因社会功利的偏颇与艺术鉴赏情趣的低下而“遇到很多阻力”，得以顺利生长呢？后之视今，犹如今之视昔，值得我们深思警惕。但愿人间不再扼杀天才。

话说回来，尽管时代冷酷，梵高与伦勃朗这两位艺术天才终究未被扼杀，他们的价值在后世大放光彩，这又与他们自身拥有不屈不挠的追求精神是分不开的。从荷兰归来，读欧文·斯通的《渴望生活：梵高传》，其中有一段话说到梵高为什么在惨遭打击后仍苦苦作画：

> 目的是什么呢？为了卖吗？当然不是！他知道无人要买他的画。……成功的念头已经离开了文森特。他画画只因为他必须画，因为那样可以使他精神上少痛苦一点，因为那样可以使他分心。他能够没有妻子、家庭和儿女，他能够没有爱情、友谊和健康，他能够没有保障、安适和食物，他甚至能够没有上帝。但是，他却不能够没有比他自身更伟大的——也即是他的生命——创造的力量和本领。

我以为这段话讲得非常好：为了创造力的发展，为了生命力的展示。人的可贵，就在于有一个富有创造力的生命。失去了创造，也就失去了生命的风采。一切艺术家以至一切人物的伟大，就在于他们把自己生命的创造力发挥得淋漓尽致，向一切阻碍它发展的罗网进行最坚决的冲击，哪怕冲得头破血流，也义无反顾。重要的是要在世界上留下他们创造的印记。这样虽苦也乐。

《渴望生活：梵高传》中也提到伦勃朗，因为梵高受过伦勃朗的哺育。伦勃朗在受到不正确的舆论抨击后，为什么仍坚持画画，不另作他图呢？书中说，一个叫芒德斯的人曾经这样向年轻的梵高介绍说：

> 社会舆论是无关紧要的。伦勃朗必须画画。……绘画是他保持作为一个人的尊严的要素。艺术的主要价值，文森特，在于它赋予艺术家的表现形式。伦勃朗充分表达了他所知道的生活目的，那证明他是正确的。即使他的作品毫无价值，但比之他放弃他的愿望而成为阿姆斯特丹最富裕的商人，不知道要成功多少倍呢。

为什么提到“商人”呢？因为伦勃朗的父亲是一个经济富裕的磨坊主，伦勃朗要“下海”经商是比较方便的。但是，伦勃朗认为“他的任务是创造美”，从商虽可以赚不少钱，但对他来说，如果离开“创造美”的“生活目的”，生活也就没有什么意义了。因此，尽管人们冷淡他，不买他的作品，他仍然坚持画画。被后世公认的一些杰作如《代理商》等，就是在这个时期创作的。倘若他当时为了钱弃画从商，那么，人类历史上会多一个平庸的商人，却少了一个杰出的绘画天才。

由此可见，梵高与伦勃朗之所以能不顾风吹浪打，不受威胁利诱，奋然向前，终于化历史悲剧为历史喜剧，就在于他们自己对生命的执着、对艺术的执着。在艺术家的成长中，如同我们应该重视社会因素一样，也应该重视这种个人因素。一旦社会能充分重视艺术个性与个性艺术，艺术家个人又能像梵高、伦勃朗那样执着于生命与美，那么，艺术世界与人生世界一定会更加绚丽。

1993 年 5 月

林肯纪念堂前的遐思

在美国跑了几个城市，我最喜欢的是华盛顿。我喜欢的是它的清幽秀丽，雍容庄重。它没有摩天大厦，市区所有房屋的高度都不超过国会山的高度，这个高度不过五百多英尺，约一百七十米。街道宽阔整洁，到处都是树木、草坪、花圃、广场。整个城市就像一座大花园。它缺乏纽约那种繁华与热闹，同时也没有纽约那种喧嚣与挤迫。也许不同的城市各有自己的长处与短处，但就生活环境来说，正如一次调查表明的，华盛顿是美国的“首善之区”。

华盛顿的“精华”，集中体现在市中心的一条林荫大道上。它位于独立大街与宪法大街之间，全长 3200 米。美国政府各部门的首脑机关，闻名于世的博物馆、纪念馆，大多掩映在这绿荫匝地、鸟语花香的绿带中。国会大厦、华盛顿纪念碑与林肯纪念堂在东西一条轴线上，白宫与杰弗逊纪念堂则处在南北一条直线上。

那天，我们顺林荫大道参观，最后一站是林肯纪念堂。这是一幢希腊式的大理石建筑，呈长方形，周围是柱廊。纪念堂东有一方倒影池，波光倒影，极为幽美。我们拾级而上，穿过柱廊，进入大厅，只见林肯总统的坐像位于中央。雕像用的是大理石，高约六米。东西两壁上刻着 1863 年 1 月 1 日林肯颁布的解放黑奴的宣言。

林肯是美国的第十六任总统，以废除奴隶制而著名。在他任总统以前，美国有 400 万黑人处于奴隶枷锁之中。他憎恶奴隶制度，因为它“极端不公正”。由于实行奴隶制度的南方各州在他于 1861 年就任总统后纷纷宣布脱离联邦，为了维护联邦的统一，他在决定是否实行废除奴隶制的政策时曾一度踌躇。1862 年，他说道：“我的首要目的是拯救联邦，不是拯救或废除奴隶制度。如果我不能解放任何一个奴隶但却能拯救联邦，我一定会这样做；如果我能用解放一切奴隶的方法使联邦得救，我一定也会这样做；如果我能用解放一部分奴隶而暂且不顾另一些奴隶的方法来使联邦得救，我也还会这样做。”显然，他这时尚未把“拯救联邦”与解放黑奴很好地统一起来。随后，日益高涨的反对奴隶制度的情绪感染了他，南方奴隶主的疯狂反扑激怒了他，促使他认识到“奴隶制度是造成叛乱的根源”，在南北战争进行过程中毅然颁布了解放黑奴的宣言，从而使他所领导的战争除了有重新统一联邦的名义，还有了争取自由的意义。这样，他就赢得了广大群众的支持，使战争成为群众性的革命斗争，扭转了战争初期的颓势，走向了战争的胜利。尽管战争结束不久，1865 年 4 月 14 日晚，他在华盛顿福特剧院观剧时被南方奴隶主指使的暴徒刺杀，然而，这罪恶的枪声却宣告了林肯的永生。

如今，林肯雕像就长年静坐在纪念堂里，受人瞻仰朝拜。纪念堂一天 24 小时都接待参观者，它从不关门，平时也无人看守。

我们那天到纪念堂时已过晚上 8 点，仍见一些参观者出入。人们轻轻地进去，静静地瞻仰，又轻轻地走出。气氛宁静中带点肃穆。我想，这是一种敬仰心情的外化吧。

近年在美国，对林肯解放黑奴也有一种非议，认为目前美国存在的不少社会问题是黑人造成的，是林肯当年种下的“恶果”。无疑，这是种族主义者的偏见。美国的问题，比如说犯罪吧，现在确实相当严重。一些大城市，几乎每天都有枪杀事件。其中固然不少是黑人干的，但也有白人干的，有其他肤色的人干的。不从制度、管理上找原因，而归咎于林肯把黑人的手脚从锁链中解放出来，这是奴隶主的思维。奴隶制度是对人的权利与自由的最大反动，是任何一个有良心的人都深深憎恶的。林肯在成为总统以前，在 1855 年给友人的信中曾这样诉说他的感情：“在从路易斯维尔到俄亥俄河口的途中，我们船上有十个或十二个黑奴，被铁链锁在一起，那个情景经常使我心中苦恼。”这是一种人性的“苦恼”，造就了林肯的伟大。现在那种要把“铁链”重新“锁”在黑人身上的想法，不是严重的倒退吗？华盛顿的居民中，黑人占 70%。据说，这是由于林肯宣布解放黑奴后，各地黑人争先恐后地涌向这个原来居民稀少的哥伦比亚特区。我们在华盛顿参观，到处都可以见到黑人。他们不但不允许历史往回走，而且正在争取继续往前走。因为虽然一百多年过去了，在号称重视人权的美国，种族歧视并未消除。我们知道，1963 年，黑人领袖马丁·路德·金博士就是在林肯纪念堂附近，面对聚集在林荫大道上的二三十万群众，呼吁进一步争取黑人的权利的。不久，他与林肯一样被暗杀。然而，他们永远活在人们的心中。不仅是黑人，也包括白人、黄种人，都对林肯总统与金博士致以深深的敬意，就因为大家知道，不彻底铲除种族歧视，就没有真正的人类解放。我在美国听一位朋友说，黑人争取权利的斗争有利于提高华人移民在美国的地位，从而也有益于美国的发展。美国是个移民国家，各色人种对美国的发展都作出了自己的贡献。任何民族压迫、种族歧视，都有害于整个美国。因此，那种对林肯解放黑奴的非议，是少有市场的。

前来林肯纪念堂观瞻的人长年川流不息、络绎不绝。尽管纪念堂无人管理，瞻仰者总是保持着它的宁静和整洁无损。自然，有爱就有恨，也会有人想污损林肯雕像。美国政府规定，任何参观者不得进入林肯坐像区，否则将判以重刑。精神道德伴以法律威严，很好地保护着林肯纪念堂。

林肯的雕像栩栩如生，目光睿智，面容慈和。右手五指分开，左手握拳。导游先生要大家猜，林肯的手势表明什么。我与几位朋友是“英雄所见略同”，一手松，一手紧，表示要有“两手”：一手拿剑，一手执犁；一手战争，一手和平。导游先生笑着摇头。他说，林肯的手势系哑语，意思是A与L，林肯（Abraham Lincoln）姓名的第一个字母。它不过表明，他是亚伯拉罕·林肯而已。谈笑声中，我感到我们的思维是不是过于“英雄”化了些？

返身走出纪念堂大门，只见正东方，隔着倒影池，华盛顿纪念碑高耸云天；南侧，越过潮汐湖，罗马式建筑的杰弗逊纪念堂卓然屹立。这三个纪念地，每个到华盛顿旅游的人几乎都要去朝拜一番。我在想，他们三人受后人敬仰，固然由于他们曾经是美国的总统，但似乎又并非主要原因。美国建国两百多年，有四十多位总统，为什么人们独独钟情于他们三人，为他们在首都树碑立堂呢？最重要的恐怕是他们功勋卓著，为国家为人民立了大功。林肯是解放黑奴的先锋，华盛顿是开国元勋，杰弗逊是《独立宣言》的主要起草者。其他的总统中也还有作出重大贡献的，但相对说来，光辉要弱一点。毋庸讳言，也难免有碌碌无为之辈，以至鸡鸣狗盗之徒。后人对他们的评价，既看重他们曾经是总统，更看重他们在总统的职位上所作的贡献。职位、官位并不等于贡献、成就。前者仅仅提供了一个驰骋才华的舞台，在这个舞台上到底能不能演出有声有色的活剧来，则要看各人的志向与努力了。美国人特别纪念林肯、华盛顿、杰弗逊，给了我这样的启示。

1994 年 7 月

寻访歌德故居

歌德生于美因河畔的法兰克福。那年10月初，我去德国参加法兰克福图书博览会，第一次结伴逛街，经过中央火车站，沿凯撒路西行，意外地看到一尊歌德塑像，矗立在一个绿树成荫的街头广场之中。塑像如真人大小，昂首挺立，脑门明亮宽大，两眼炯炯有神，作思索状，下垂的左手握着一个由桂叶、桂花编织的花环，大约象征他是一位伟大的桂冠诗人吧。法兰克福与欧洲许多城市一样，环境幽静，行人稀少。此时的歌德广场空无一人，只有几只鸽子在悠闲地踱步。这给了我们随意瞻仰、纵情想象的自由。盘桓了一阵，萌发了探寻歌德足迹的念头。当即，向附近行人打听歌德故居的地址，但都“问道于盲”，没有一人能明确说清方位。

回到下榻处，从久居德国的同胞那里，得知歌德故居就在歌德广场附近。不远处的一个教堂，就是歌德儿时接受洗礼的地方。第二天抽空再去，在广场、教堂周围转了几圈，仍是找不到，问了几个人，也无人能指点迷津。更有几个年轻人，对歌德是谁都有点茫然。我想起德国有“青年无歌德”的说法，这位在世界上享有崇高声誉的文学巨人，在他的故乡真的已经过时，被人遗忘了吗？幸好，最后有位热情的中年知识妇女，为我们具体地指明了歌德故居所在。这使我感到，歌德虽然没有被他的后人完全遗忘，但确有点寂寞。获得诺贝尔文学奖的德国作家伯尔说过："有时我认为，外国人（不只是中国人，特别是苏联人，西欧人少一些）比我们德国人更多地研究歌德。我指的不是德国科学家和德语学者，而是德国读者。我很难说，有几个书橱里放歌德著作的人是真正在读这些书的。"看来，这种感慨有其生活根据。

歌德故居坐落在一条僻静的小街上。故居为四层楼房，黄墙、白窗、尖顶，大门临街，屋后有一个花木扶疏的庭院，属典型的18世纪法兰克福上层阶级的邸院。歌德于1749年8月28日出生在这幢房子里，在这里度过了他的青少年时期。1774年，25岁时，他在这里写下了早年最重要的作品《少年维特之烦恼》,《浮士德》也是于1775年在这里开始着手创作的。1776年，他应邀出任魏玛公国枢密顾问，移居魏玛直到逝世，但晚年曾几次来法兰克福寻旧。两个世纪的漫长岁月，加上二次大战的战火，毁坏了这座住宅，现在的建筑是按照原样重建的，台阶石、窗棂等，用的都是收集来的原物。

如今，临街大门长年关闭，参观者由后花园进出。门票四马克一张。我们去时，门庭冷落，只有我们几个"老外"。建筑的开间甚大，每层有五个房间。底层为餐厅、厨房和办事房。厨房中的一座砖砌灶头特别显眼，桌上、墙上放置各种铜制器皿，式样古朴典雅，使人感受到一种18、19世纪的家居氛围。楼梯宽阔雅致，两旁的铁铸栏杆镶嵌着美丽的图案花纹。二楼为客厅、音乐室。客厅是整幢房屋的主厅，宽敞明亮，摆设考究，管理人员说，当年歌德的父辈将它命名为“北京厅”。“北京厅”?!我们更注意观赏了，果然，内有中国式的描金红漆家具和印有中国图案的蜡染壁帔。我由此想起中西文化的交流，想起歌德与中国……

在欧洲启蒙运动前后，中西文化交流形成了第一个高潮。由于当时中国处于盛世，引起欧洲人的钦羡与向往，文化交流的主要流向是自东向西。在歌德出生前后，德国弥漫着一股“中国热”，即所谓“汉风”。歌德家的“北京厅”，大约就是这股“汉风”下的产物。它使歌德从小就受到中国文化的濡染，埋下了他关注中国的“种子”。后来，他大量阅读中国书籍，改编元曲《赵氏孤儿》为悲剧《哀兰伯诺》，创作了著名的《中德四季晨昏杂咏》，被称为“魏玛的孔夫子”。当时的“汉风”中也有“食汉不化”的现象，盲目引进，将中国理想化，认为“中国月亮比欧洲圆”。歌德也受到影响，把中国看成是一片“王道乐土”，他写道：“在他们那里，一切都比我们这里更明朗，更纯洁，也更合乎道德。”这虽然失于片面，但由于歌德对中国的重视与推崇，中国文化进一步在德国乃至欧洲传播开来。我站在“北京厅”里，默默地向这位“诗国王者”和中德文化交流的先驱致敬。

随后，我走到隔壁的音乐室。歌德的母亲、妹妹都十分喜欢音乐。一架老式风琴，似乎还在流泻着她们喜爱的旋律。歌德常与慈爱的妈妈、亲爱的妹妹一起在这里“共度好时光”，让美妙的音乐浸透自己的心田。歌德钟情音乐，有些剧本就是特为音乐而写的。他的挚友中有席勒、海涅这样的大诗人，也有贝多芬这样的乐圣。多少年来，流传着“自由的”贝多芬蔑视“卑躬屈节的”歌德的故事，近来经德国研究者证实，尽管歌德身上存在着天才与庸人、浮士德与靡非斯特的矛盾，这件事却是一个女人与歌德决裂后杜撰出来的。人事的复杂难明，有时真令人唏嘘。

三楼有歌德父亲的书房、母亲的房间和歌德诞生的房间。书房中两排书橱内放的，都是18世纪以前的图书，最大的开本为4开，最小的有128开，大多是精装，历经两个多世纪的时光，保存得还相当完好，表明德国的印刷业有很好的根基。莱比锡至今还是世界印刷业的一个中心。在诞生歌德的房间内，南面墙壁上挂有一张歌德的巨大剪影。歌德侧身而立，身着长氅，腰佩长剑，器宇轩昂。头部有两处特别吸引人。一是高高的鼻子挺向前方，有人认为鼻子过大，损害了歌德的美，有人则认为这个大鼻子配以大脑门，突出了歌德狂飙式的个性。仁者见仁，智者见智，就任众家评说吧。二是披肩长发，用一根丝带扎成牛尾状拖在背后。这种发式，时下在德国男青年中仍很流行。我在法兰克福打听歌德故居的地址时，就有几位被询问者梳着这种发式。我不知道这种发式是歌德创造的，还是歌德那个时代就流行的。我想，如果今天“青年无歌德”，有的只是这种歌德式辫子，那就不免有点令人悲哀了。

四楼有歌德的书房。没有任何书的陈列，只有一张风琴状的写字台。这实际上是一间创作室。当时还没有电灯，写字台上放着两支白色的蜡烛，烛台是铜制的，做工精美。台前、台右各设一把硬木椅子，铺以柔软的坐垫。年轻的歌德就是坐在这里，写出他风靡世界的《少年维特之烦恼》的。此书的情节，是根据歌德在韦茨拉尔的一段经历和一个名叫耶路撒冷的青年自杀身亡的不幸遭遇糅合而成。从某种意义上可以说，男主人公维特就是歌德自己，女主人公绿蒂也实有其人，原名叫夏绿蒂，歌德曾与她热恋，直到老年还不能忘怀。歌德是用自己的全部感情写这部作品的，内中充溢着一个处在德国狂飙突进时代的青年人的爱和恨，对美好生活的向往和对腐朽社会的控诉。对这部至性至情之作，人们争相阅读，在德国迅速形成了一股“维特热”。歌德也由此成长为一个举世敬仰的大作家。中国是在19世纪末知道歌德的，比歌德知道中国要晚了一个多世纪。然而歌德一旦被引进中国，影响就急剧扩大。大诗人郭沫若自愿成了“歌德翻译家”。他所译的《少年维特之烦恼》是我国第一个全译本，其中“青年男子谁个不善钟情，妙龄女子谁个不善怀春”的诗句，在广大青年中传唱，汇成一片反封建礼教的抗议之声。面对这张写字台，我浮想联翩：歌德当年伏案疾书时，心头一定是滴着血和泪的。他离开韦茨拉尔与夏绿蒂，回到法兰克福的家里，在他床头的墙上一直挂着夏绿蒂的剪影。我想寻找这张剪影，询之于管理人员，回答说早已不知去向了。

这位管理人员见我们参观得特别认真，问道：“你们中国的青年知道歌德吗？”我告诉他，《少年维特之烦恼》《浮士德》等书，在中国一直不断重印，有的版本总印数达一百万册以上，中国青年爱歌德。他听后笑了。我反问他：“你们知道郭沫若吗？”

他摇摇头。我说："他是中国的歌德。"出故居后，我由此想到，现在我们对西方的了解，在相当程度上，胜于西方人对我们的了解。我参加的法兰克福书展是全世界最大的书展，一百多个国家前来参展，其中欧美馆经常人头济济，版权交易闹猛，而亚非馆则显得冷清，前来购买版权的要少得多。这虽然与图书的质量有关，但主要是由于分别处于第一、第二、第三世界国家的综合国力不同。经济力强大的西方国家觉得了解不了解你，没有什么大的要紧，或者说还不那么急迫。一个国家文化辐射力的强弱，根本上还是受制于整体实力是否强大。正如 17、18 世纪时，中国国力强人，中西文化交流的主要流向就是由东向西，德国人知道了中国，知道了中国的四书五经与《赵氏孤儿》《好逑传》等作品，而中国对他们却不甚了解。后来，西方强大起来，中西文化交流的主要流向则变成由西向东，我们知道茨威格、史托姆乃至伯尔，他们却连鲁迅、郭沫若、茅盾都不熟悉。要使鲁郭茅们与中国优秀现代文化更快地"走向世界"，需要我们共同努力，使我们的国家更快地强盛起来。这，意外地成了我参加法兰克福书展与参观歌德故居后获得的一点感受。

1996 年 10 月

跋

《文品与人品》一书记述的，多是我在文艺出版工作中结识的文学艺术家与编辑同事，其中有我的前辈，也有我的同辈、后辈。在组稿编稿的过程中，我与他们有了较多的接触和交往，这就让我在读“文”的过程中，也同时读了“人”。

我国历来有“文品即人品”之说，西方则有“风格就是人”的论述，讲的都是“诗品出于人品”的道理。因此，要深入阅读作品，也需要读好人品。孟子说过：“颂其诗，读其书，不知其人，可乎？”

在组稿读稿的过程中，我得以读了“人”，这大大有益于我“颂其诗，读其书”。

有一种极端的说法——“文人无行”，不能说完全没有这种现象，但它只是一种以偏概全的说法。文坛艺界与各行各业一样，都有“不肖之徒”，但总体是好的。由于“文人”应是“灵魂工程师”，那种由受到污染的灵魂所做出的“无行”之举，与“文人”的职责存在尖锐的对立，因此往往“一粒老鼠屎”就能“坏了一锅粥”。所以，文艺界特别需要加强德性教育，要深刻记住鲁迅的话，“从喷泉里出来的都是水，从血管里出来的都是血”。“无行”的文人是难以创作出好作品的，即使冠冕堂皇地写些什么，也是虚伪的、不真诚的、言不由衷的，归根结底是一种假恶丑。

我在《文品与人品》中写到的作者编者，特别是那些文化前辈，都是德艺双馨的大师，他们高尚的品德、卓越的见识、渊博的知识、精湛的才艺，让我油生高山仰止之感。“不朽的文品与人品”，是我写巴金一文的题目，也是我对这些文化大师的共同看法。与他们来往，真有“与君一夕话，胜读十年书”之感。“读人”，也是一种读书，而且是读活书，活读书。从这个意义上说，这本“读人笔记”，也是一本“读书笔记”。

集子中也写了一些逝去的古人与前人，我自然不会与他们有直接的交往，书中所写的，只是我在阅读他们的传记，或参观他们的故居、纪念馆后生发的一些感触。这也是一种“读书”与“读人”的结合。

感谢上海人民出版社接受此书的出版。感谢王为松同志为此书作序。感谢吕晨同志在责编此书过程中付出的智慧与辛劳。感谢上海文化发展基金会对本书出版的资助。

江曾培
2020 年 12 月

图书在版编目(CIP)数据

文品与人品:一个总编辑的读人笔记/江曾培著
. 一上海:上海人民出版社,2021
ISBN 978-7-208-16883-1

Ⅰ. ①文… Ⅱ. ①江… Ⅲ. ①散文集-中国-当代
Ⅳ. ①I267

中国版本图书馆 CIP 数据核字(2020)第 257770 号

本书由上海文化发展基金会图书出版专项基金资助

责任编辑 吕 晨
封面设计 夏艺堂

文品与人品
——一个总编辑的读人笔记
江曾培 著

出　　版 上海人民出版社
(200001 上海福建中路 193 号)
发　　行 上海人民出版社发行中心
印　　刷 上海商务联西印刷有限公司
开　　本 720×1000 1/16
印　　张 17
插　　页 2
字　　数 248,000
版　　次 2021 年 2 月第 1 版
印　　次 2021 年 2 月第 1 次印刷
ISBN 978-7-208-16883-1/K·3035
定　　价 68.00 元